Términos de compromiso

ANN MAJOR

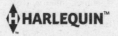

Editado por HARLEQUIN IBÉRICA, S.A.
Núñez de Balboa, 56
28001 Madrid

I.S.B.N.: 978-84-9010-891-8
Depósito legal: M-8222-2012
Editor responsable: Luis Pugni
Fotomecánica: M.T. Color & Diseño, S.L. Las Rozas (Madrid)
Impresión en Black print CPI (Barcelona)
Fecha impresion para Argentina: 19.11.12
Distribuidor exclusivo para España: LOGISTA
Distribuidor para México: CODIPLYRSA
Distribuidores para Argentina: interior, BERTRAN, S.A.C. Vélez
Sársfield, 1950. Cap. Fed./ Buenos Aires y Gran Buenos Aires,
VACCARO SÁNCHEZ y Cía, S.A.
Distribuidor para Chile: DISTRIBUIDORA ALFA, S.A.

Capítulo Uno

Toda mala obra es castigada.

Kira se preguntó cuándo iba a aprender.

Con la suerte que tenía, nunca.

De modo que ahí estaba, sentada en el despacho del multimillonario del petróleo Quinn Sullivan, demasiado nerviosa para concentrarse en la revista que ojeaba mientras esperaba comprobar si él tendría tiempo para una mujer a la que, probablemente, consideraba otra adversaria a la que había que aplastar en su búsqueda de venganza.

Hombre arrogante y horrible.

Si no le concedía audiencia, ¿tendría la oportunidad de hacer que cambiara de parecer acerca de destruir la empresa familiar Murray Oil y obligar a su hermana Jaycee a casarse?

Un hombre tan vengativo como para mantener un agravio contra su padre durante veinte años, no podía tener corazón.

Cerró las manos con fuerza. Cuando el hombre que tenía frente a ella se puso a mirarla fijamente, se ordenó parar. Bajó los ojos a la revista y fingió que leía un aburrido artículo sobre superpetroleros.

Unos tacones altos resonaron el mármol e hicieron que alzara la vista con pánico.

–Señorita Murray, lo siento mucho. Estaba equivocada. El señor Sullivan sigue aquí –comentó la elegante secretaria con sorpresa–. De hecho, la verá ahora.

–¿Sí? –Kira graznó–. ¿Ahora?

La sonrisa de la otra mujer fue de un blanco reluciente.

Kira sentía la boca seca como papel de lija. Para evitar los temblores que intuía que tendría, se levantó de un salto y, con el movimiento, tiró la revista al suelo.

Había estado esperando que Quinn se negara a verla. Un deseo ridículo cuando había ido con el deseo expreso de conocerlo al fin formalmente y manifestarse con claridad.

Sí, en una ocasión se había cruzado con él de manera improvisada. Justo después de que anunciara que quería casarse con una de las hijas Murray para hacer que la absorción de Murray Oil fuera menos hostil. Su padre había sugerido a Jaycee, y Kira no pudo evitar pensar que se debía a que era la hija favorita y la más atractiva. Como siempre, Jaycee había acatado los deseos de su padre, de modo que Quinn se había presentado en el rancho a sellar el trato con una cena de celebración.

Había llegado tarde. Un hombre tan rico y arrogante probablemente se consideraba con derecho a regirse por su propio horario.

Herida por el comentario poco amable de su madre acerca de su indumentaria nada más llegar a casa: «¿Vaqueros y una camiseta rota? ¿Cómo pue-

4

des pensar que eso es adecuado para conocer a un hombre tan importante para el bienestar de esta familia?», Kira se había largado. No había tenido tiempo de cambiarse después de la crisis en el restaurante de su mejor amiga, donde trabajaba temporalmente de camarera al tiempo que buscaba un puesto de conservadora de un museo. Como su madre siempre hacía oídos sordos a sus excusas, en vez de ofrecerle una explicación, había decidido pasear a los perros de caza de su padre mientras curaba sus sentimientos heridos.

Mientras los perros alborozados prácticamente la habían estado arrastrando por el camino de grava, había tenido en los ojos el sol rojo y brillante que se ponía. Cegada, no había visto ni oído el Aston Martin plateado de Quinn que en ese instante tomaba la curva. Pisando los frenos, él la había esquivado con holgura y Kira había tropezado con los perros, cayendo en un charco de barro.

Con ladridos estridentes, los perros habían corrido de vuelta a la casa, dejándola a solas con Quinn mientras de su barbilla chorreaba agua fría y sucia.

Quinn se había bajado del coche y se había acercado con sus caros mocasines italianos mientras ella se ponía de pie. Durante largo rato la había inspeccionado con detenimiento. Luego, indiferente a su cara manchada, a los dientes que le castañeteaban y a sus prendas embarradas, la había abrazado contra el cuerpo duro y grande.

—Dime que estás bien.

Era muy alto para ella y tenía los hombros anchos. Sus ojos azules enfadados la habían quemado; sus dedos como prensas le habían atenazado el codo. A pesar de sus emociones exacerbadas, le había gustado estar en sus brazos… le había gustado demasiado.

–Maldita sea, no te he golpeado, ¿verdad? Bueno, di algo, ¿por qué estás callada?

–¿Cómo voy a poder hablar… si no paras de gritar?

–¿Estás bien, entonces? –preguntó, aflojando la presión de sus manos.

Había suavizado la voz a un sonido ronco tan inesperadamente hermoso que tembló. En esa ocasión vio preocupación en la dura expresión de él.

¿Había sucedido en aquel momento? Sé sincera, Kira, al menos contigo misma. Ese fue el instante en que se formó una atracción inapropiada con el futuro novio de tu hermana, un hombre cuyo objetivo principal en la vida es destruir a tu familia.

Él lucía unos vaqueros viejos y una camisa blanca remangada hasta los codos. La ropa que en ella parecía desaliñada, hacía que él tuviera un atractivo devastador y agreste. Sobre un brazo llevaba una chaqueta de cachemira.

Le habían encantado su pelo negro y sus pómulos marcados. ¿A qué mujer no? Su piel estaba bronceada y exudaba un aura peligrosa de sensualidad que estuvo a punto de carbonizarla.

Aturdida por la caída y por el hecho de que el enemigo era un hombre tan apuesto y peligroso que seguía manteniéndola casi pegada a él al tiempo que la miraba con ojos ardientes, respiraba de forma jadeante.

–Te he preguntado si estás bien.

–Lo estaba… hasta que me agarraste –la voz le sonó trémula y extrañamente tímida–. ¡Me estás haciendo daño! –mintió para que la soltara, a pesar de que una parte de ella no quería que lo hiciera.

Entrecerró los ojos con suspicacia.

–Lo siento –había dicho, otra vez con tono duro–. ¿Y quién diablos eres, en cualquier caso? –demandó.

–Nadie importante.

–Aguarda… –enarcó las cejas oscuras–, he visto tus fotos… Eres la hermana mayor. La camarera.

–Sólo temporalmente. Hasta que consiga un trabajo nuevo como conservadora.

–Claro. Te despidieron.

–De modo que has oído la versión de mi padre. La verdad es que mi opinión profesional no era tan importante para el director del museo como me habría gustado, pero me dejaron ir debido a las limitaciones del presupuesto.

–Tu hermana habla muy bien de ti.

–A veces creo que es la única que lo hace en esta familia.

Asintiendo como si lo entendiera, le pasó la chaqueta por los hombros.

–Quería conocerte. Estás temblando. Lo menos que puedo hacer es ofrecerte mi chaqueta y llevarte de vuelta a la casa.

El corazón le latía con fuerza y se sentía avergonzada de estar llena de barro.

–Estoy demasiado manchada –repuso, ya que no confiaba en sí misma para pasar un segundo más con un hombre tan peligroso.

–¿Crees que eso me importa? Podría haberte matado.

–Pero no lo hiciste. Así que olvidemos el asunto.

–¡Imposible! Y ahora, ponte mi chaqueta.

Se pasó la chaqueta por los hombros, giró en redondo y lo dejó. Mientras avanzaba con rapidez a través del bosque en dirección a la casa, se dijo que no había pasado nada.

Al llegar, la sorprendió ver que la esperaba en el exterior mientras sujetaba a sus estridentes perros. Se ruborizó mientras él le entregaba las correas enmarañadas, de nuevo había vuelto a usar como excusa la ropa embarrada para entrar y evitar la cena, momento en que su padre anunciaría de manera formal la boda de Quinn con su hermana.

Y a pesar de que lo único que lo movía a él era el deseo de venganza contra sus seres más queridos, la razón por la que no había podido compartir mesa con Quinn era la atracción que le había despertado. ¿Cómo soportar semejante cena cuando con sólo mirarlo se le encendía la piel?

Semanas después de aquel encuentro fortuito, esa atracción había seguido obsesionándola y causándole un dolor culpable. Pensaba constantemente en él.

En ese momento, recogió la revista que había tirado y la depositó con cuidado en la mesita. Luego respiró hondo, aunque no le calmó los nervios.

Al volverse, la secretaria le dijo:

–Sígame.

Kira tragó saliva. Había postergado esa entrevista hasta el último momento debido a que había tratado de trazar un plan para enfrentarse a un hombre tan poderoso, dictatorial y, sí, peligrosamente sexy como Quinn Sullivan.

Pero no se había presentado con un plan. ¿Es que alguna vez tenía uno? Estaría en desventaja, ya que Sullivan lo planeaba todo hasta el último detalle.

La sala de espera de Quinn con sus sillones de suave piel y sus frisos de madera apestaba a dinero. El pasillo largo, decorado con cuadros de intensas manchas de color minimalistas, conducía a lo que probablemente sería un despacho de opulencia obscena. Pero a pesar de su deseo de que le desagradara todo acerca de ese hombre, admiró el arte y deseó poder detenerse para estudiar algunas de las obras. Eran elegantes, refinadas e interesantes. Se preguntó si las habría elegido él en persona.

Probablemente, no. Era un arrogante ostentoso.

Después de aquel primer encuentro, lo había investigado. Parecía creer que su padre se había beneficiado en exceso al comprar la participación del padre de Quinn de la empresa que compartían a partes iguales. Además, culpaba a su padre por el suicidio del suyo… siempre que hubiera sido suicidio.

Quinn, que había conocido las penurias físicas tras la muerte de su padre, estaba decidido a compensar aquellas tempranas privaciones viviendo con opulencia; y jamás asistía a una fiesta sin llevar del brazo a una belleza, incluso más deslumbrante que su secretaria.

Era un respetado coleccionista de arte. En varias entrevistas había dejado claro que nadie volvería a menospreciarlo jamás. Ni en los negocios ni en su vida personal. Era el rey de su reino.

También había descubierto que justo cuando una mujer podía creer que significaba algo para él, la dejaría y se pondría a salir con otra rubia que siempre era más hermosa que la que acababa de abandonar. Había habido una mujer, también rubia, que lo había dejado a él hacía aproximadamente un año, una tal Cristina. Aunque la prensa no se había demorado en olvidarla cuando él había reanudado su caza de bellezas con la misma despreocupación de siempre.

Por lo que Kira había podido deducir, su vida se centraba en ganar, no en que alguien pudiera importarle. Ese era el único objetivo de que se rodeara de las mansiones, los coches, los yates, las colecciones de arte y las bellezas despampanantes. No albergaba ninguna ilusión sobre cómo sería su matrimonio con Jaycee.

No tenía intención de ser un marido fiel con su hermosa y rubia hermana. Si su adorada Jaycee no fuera vital en los planes de venganza que él tramaba, hasta podría haber sentido algo de pena por la maldición de tener un corazón tan negro.

A Kira no se le daba bien la planificación ni la combatividad, dos razones importantes por las que no avanzaba en su carrera. Y Quinn era la última persona en la Tierra a la que quería enfrentarse. Pero lo primordial era cuidar de Jaycee, como había hecho desde que su hermana naciera.

Desde luego, su primer paso había sido suplicarle a su padre que cambiara de idea acerca de utilizar a su hermana para allanar un trato de negocios, pero aquel se había mostrado pertinaz sobre los beneficios de dicho matrimonio.

No entendía la rentabilidad de la adquisición hostil de Murray Oil, pero su padre parecía pensar que Quinn sería un presidente brillante. Sus padres habían dicho que si Jaycee no se casaba con Quinn según lo pactado, las condiciones de este serían mucho más onerosas. A pesar de que el padre de Quinn había sido un copropietario, aquel era considerado como un hombre con una venganza personal contra los Murray y Murray Oil.

Desde la muerte de su padre, los rumores acerca de la hostilidad que le inspiraba todo lo relacionado con los Murray habían sido ampliamente divulgados por la prensa. Sólo si se casaba con Jaycee todos pensarían que al fin se había alcanzado la paz entre las dos familias y la empresa estaría a salvo en sus manos.

Por eso se hallaba allí.

Estaba decidida a evitar que se casara con Jaycee, aunque aún no sabía cómo. Y cuando sintió un vestigio de pánico, se recordó que, con o sin plan, ya no podía dar marcha atrás.

Cuando su secretaria empujó la puerta del despacho de Quinn, el tono profundo y rico de la voz asombrosamente hermosa de ese hombre la recorrieron como si fueran música. Se le aflojaron las rodillas y se detuvo en seco.

Oh, no. Volvía a suceder.

Desde que había hablado con él por primera vez había sabido que era carismático, pero había contado con su nuevo conocimiento del carácter despreciable que tenía para que la protegiera. Esa voz de barítono le causó un hormigueo en sus partes más secretas y femeninas y supo que seguía siendo tan vulnerable a él como antes.

Sin querer centrarse en el palpitar de sus pezones y en su pulso desbocado, respiró hondo antes de atreverse a mirarlo. Se le veía relajado detrás del escritorio, con esa espalda enorme hacia ella mientras se reclinaba en el sillón con un auricular apoyado contra una oreja.

Notó que en la mesa había una foto enmarcada en plata de su padre. Con los ojos azules intensos, el pelo negro y las facciones muy marcadas y bronceadas, padre e hijo se parecían mucho. Sabía que ambos habían sido atletas en la universidad.

—Te dije que compraras, Habib —ordenó con brusquedad con esa voz demasiado hermosa—. ¿Qué hay que discutir? Hazlo —concluyó la llamada.

Al menos era tan grosero como lo recordaba. Sin importar esa profunda voz de barítono, sería fácil odiarlo.

Su secretaria tosió para hacerle saber que estaban en la puerta.

Ceñudo, Quinn giró en el enorme sillón negro de piel, pero en el momento en que vio a Kira, se quedó quieto.

Con un gesto de la cabeza despidió a su secretaria.

Sus penetrantes ojos la golpearon de lleno y la encendieron… igual que en el pasado.

Con una sola mirada el hombre la hechizaba.

Cuando las comisuras de sus labios se alzaron, el mundo de Kira se movió como lo había hecho aquella primera noche… y ni siquiera la había tocado.

Se lo veía tan arrebatadoramente apuesto como siempre… e igual de duro, cínico e indomable, incluso en ese despacho ordenado con su secretaria haciendo guardia.

No obstante, durante un instante a Kira le pareció captar un dolor turbulento y añoranza mezclados con el inesperado placer de verla.

La recordaba.

Pero con la misma celeridad con que apareció, se desvaneció, y sus facciones atractivas recuperaron la expresión dura y despiadada que él quería que viera la gente.

Sin embargo, el reconocimiento ya se había establecido. Era como si cada uno hubiera visto en el alma del otro, como si hubiera percibido los anhelos secretos.

Ella quería que su familia, que la consideraba difícil e irritante, la quisiera y aceptara por sí misma, como hacía con su hermana.

Él anhelaba lo que la venganza y el éxito exterior

habían fallado en satisfacer. ¿Qué sería? ¿Qué faltaría en su vida disciplinada, ostentosa y materialista?

¿Se sentía tan atraído por ella como ella por él? Imposible.

Entonces, ¿cómo podía ser el único hombre que alguna vez la había hecho sentir menos sola en el universo?

Se dijo que no tenía derecho a abrirle de esa manera el corazón y despertar semejantes anhelos.

Él ladeó la cabeza y la estudió ceñudo.

–Te debo una disculpa por la última vez que nos vimos –comentó con parsimonia–. Estaba nervioso por la absorción y el compromiso y por causaros una buena impresión a ti y a tu familia. Fui demasiado duro contigo. Unos centímetros más… y podría haberte matado. Tuve miedo, y eso me enfadó.

–No me debes nada –respondió con frialdad.

–No te culpo en absoluto por evitarme todas estas semanas. Probablemente, te pegué un susto de muerte.

–No te he estado evitando. En realidad, no –murmuró, sin conseguir no ruborizarse al pensar en todas las cenas familiares a las que no había asistido al saber que él estaría presente–. Estuve ocupada.

–¿Sirviendo mesas?

–¡Sí! Estoy ayudando a Betty, mi mejor amiga, mientras hago entrevistas para puestos en museos. Abrir un restaurante en el Paseo del Río San Antonio era el sueño de ella. El local empezó a funcionar bien mucho antes de lo esperado, por lo que me ofreció un trabajo. Como ya había hecho de camarera un verano entre semestres de la universidad, poseía cierta experiencia.

Él sonrió.

–Me gusta que ayudes a tu amiga a cumplir su sueño, a pesar de que tu carrera está parada. Es un bonito gesto.

–Crecimos juntas. Betty era la hija de nuestra ama de llaves. Al crecer, mi madre esperaba que yo dejara atrás esa amistad mientras mi padre la ayudaba a conseguir una beca.

–Me gusta que seas generosa y leal –titubeó–. Las fotos no te hacen justicia. Ni mi recuerdo de ti.

–Quizá porque la última vez que te vi estaba bañada en barro.

Él sonrió.

–Sin embargo, trabajar de camarera parece una ocupación extraña para una conservadora de museos, aunque se trate de algo temporal. Estudiaste Historia del Arte en Princeton y completaste tus estudios con un puesto de becaria en el Museo Metropolitano de Arte. Tengo entendido que te graduaste con honores.

–¿Ha sido mi padre, que tiene la costumbre de hablar demasiado, quien te ha contado mi historia vital?

Durante largo rato, Quinn no confirmó ni negó la acusación.

–Y bien, ¿es esa la fuente de tu información? –repitió ella.

–Si habló de ti, fue porque yo sentía curiosidad y pregunté.

15

Frunció el ceño al imaginar a sus padres quejándose de sus decepciones desde Princeton durante todas esas cenas familiares a las que no había asistido.

–¿Te dijo que tuve enfrentamientos con un par de directores de museo porque lo querían controlar todo?

–No exactamente.

–Apuesto que no. Se pone del lado del jefe porque es igual de arrogante y despótico. Por desgracia, una noche, después de terminar el montaje de una nueva exposición, estando extenuada, el director se puso a dudar de mis decisiones sobre cosas que ya había autorizado. Y yo cometí el error de decirle lo que de verdad pensaba. Cuando hubo recortes presupuestarios, puedes adivinar de quién se desprendió.

–Lamento oír eso.

–Soy buena en lo que hago. Encontraré otro trabajo, pero hasta entonces, no veo por qué no he de ayudar a Betty. Por desgracia, mi padre no está de acuerdo. Discrepamos con frecuencia.

–Es tu vida, no la suya.

Lo mismo que pensaba ella. La irritó que coincidiera, ya que Quinn era el enemigo.

La mirada ardiente de él, que ya le había avivado demasiadas hormonas, volvió a alzarse a su rostro. Al sonreírle, Kira se mordió el labio inferior para contener el deseo de devolverle la sonrisa.

Se puso de pie e hizo que se sintiera pequeña, femenina y hermosa, de formas que nunca antes había experimentado. Fue hacia ella, le tomó la mano y la estrechó con suavidad.

–Me alegro mucho de que decidieras darme una segunda oportunidad.

Se preguntó por qué sus dedos tenían que ser tan cálidos y el contacto tan deliciosamente íntimo. Retiró la mano, haciendo que le centellearan los ojos con ese dolor que no quería que ella viera.

–Esto no es eso.

–Pero me has estado evitando, ¿no es cierto?

–Sí –reconoció y al instante lamentó tanta sinceridad.

–Fue un error… para ambos.

Cuando le preguntó si deseaba beber algo le dijo que no y se dedicó a mirar por las ventanas hacia el sol que se ponía en el horizonte de San Antonio. No podía arriesgarse a mirarlo más que lo necesario porque la atracción parecía ir en aumento. Probablemente, él la percibiría y, de algún modo, la aprovecharía en su contra.

Sentía como si le faltara el oxígeno.

«Eso se llama química. Atracción sexual. Es irracional».

Él le apartó un sillón y regresó al suyo. Kira se sentó, cruzó las piernas y se reclinó. La postura debería haber sido relajada, pero a medida que Quinn se concentraba en ella, pudo ver que él no estaba relajado… de hecho, la evaluaba con intensidad.

En la oficina reinó un silencio fantasmal mientras él no dejaba de observar. Kira se sentía atrapada detrás de las puertas cerradas.

Los ojos duros y azules de él la mantenían paralizada.

–Bien, ¿a qué debo el placer de tu visita? –preguntó con ese tono amable que, sin saberlo, la hacía temblar de placer.

Los imaginó a ambos en el megayate de él, navegando en silencio por el vasto y azul Golfo de México. El cabello al viento mientras Quinn la acercaba y le sugería que bajaran al dormitorio.

–Eres mi última cita, así que puedo darte todo el tiempo que quieras –dijo.

Ella agradeció que le interrumpiera la fantasía de seducción.

El corazón culpable se le desbocó y se preguntó por qué había ido tan tarde, cuando era poco probable que él tuviera una cita posterior.

El cielo se oscurecía con rapidez y proyectaba una sombra sobre su cara, haciendo que pareciera lúgubre y salvaje, aumentando el peligro que sentía Kira al hallarse a solas con él.

A pesar del ansia de huir que sentía, estaba decidida a hacer lo que debía hacer y obviar esa vía.

–No quiero que te cases con Jaycee –soltó de golpe.

Él entrelazó los dedos y, al adelantar el torso hacia ella, Kira se hundió en el sillón.

–¿No quieres? Qué extraño.

–No es extraño. No puedes casarte con ella. No la amas. Sois demasiado distintos para sentir algo el uno por el otro como debería sentirse entre marido y mujer.

Los ojos de él se oscurecieron y pareció más vivo que nunca.

–No me refería a Jacinda. Hablaba de ti... y de mí y en lo extraño que es que sienta... tanto... –calló–. Cuando a todos los efectos prácticos, acabamos de conocernos.

La mirada penetrante de Quinn le quitó el aliento. Una vez más se sintió conectada a él a través de una fuerza oscura, prohibida y primigenia.

–Jamás imaginé esta situación al sugerir un matrimonio con una hija Murray –murmuró él.

Cuando volvió a estudiarla de esa manera casi voraz, el corazón estuvo a punto de salírsele del pecho. Su figura alta y delgada no resultaba atractiva para la mayoría de los hombres. Había llegado a pensar que no había nada especial en ella. ¿Era posible que él se sintiera tan atraído por ella como lo estaba ella de él?

–No la amas –repitió con más vacilación.

–¿Amar? No. No la amo. ¿Cómo podría? Apenas la conozco.

–¡Lo ves!

–Tu padre la eligió y ella aceptó.

–Porque siempre ha hecho todo lo que él le ha dicho.

–¿Tú, sin embargo, no habrías aceptado con tanta facilidad? El amor no me importa en absoluto. Pero ahora siento curiosidad por la elección de novias que ha realizado tu padre. Y... más curiosidad aún por ti. Quiero llegar a conocerte mejor.

Su tono de voz era íntimo.

–No es ningún secreto lo que sientes por mi padre –musitó ella con creciente cautela–. ¿Por qué casarte con su hija?

–Negocios. La prensa no para de especular con que pretendo destruir Murray Oil, una empresa que en el pasado perteneció a mi padre.

–Muestra una lógica perfecta.

–No. Jamás pagaría una cantidad de dinero tan elevada por una propiedad valiosa con el fin de destruirla.

–Pero crees que mi padre manchó el nombre del tuyo y se benefició después de comprarle su parte. Por eso estás tan decidido a destruir todo lo que él ha construido, todo lo que ama… incluida Jaycee.

De pronto a él se le helaron los ojos.

–Mi padre construyó Murray Oil, no el tuyo. Sólo que entonces se llamaba Sullivan & Murray Oil. Tu padre aprovechó la oportunidad en un momento de debilidad del mío para comprarle su participación a cinco céntimos por dólar.

–Mi padre hizo de la empresa lo que es hoy.

–Bueno, ahora será mía y la voy a mejorar. El matrimonio con una hija Murray reafirmará a los numerosos empleados en que la familia, y no un tiburón vengativo, llevará el timón del negocio.

–Eso no sería una familia. Eres un tiburón. Y no eres familia.

–Todavía –corrigió–. Pero dentro de unos pocos sábados, si me caso con Jaycee, seremos… familia.

–Jamás. Por encima de mi cadáver –soltó indignada.

–De acuerdo, digamos que acepto tu palabra. Que has venido para salvar a tu hermana de mí. Y que morirías antes que dejar que se case conmigo. ¿Es correcto?

–Básicamente.

–¿Qué más harías para detenerme? Seguro que hay algún sacrificio menor y más atractivo que estarías dispuesta a realizar con el fin de inspirarme a cambiar de idea.

–No… no sé a qué te refieres.

–Bueno, que si aceptara tu proposición y renunciara al matrimonio con tu adorable hermana, una mujer que según tú es tan inapropiada para mi temperamento que jamás podría amarla… me gustaría saber qué conseguiría a cambio.

–¿Siempre tienes que obtener algo a cambio? La verdad es que no estarías haciendo un sacrificio.

Él esbozó una sonrisa blanca y triunfal.

–Siempre. Absolutamente. Después de todo, mi hipotético matrimonio con tu hermana es una transacción comercial. Como hombre de negocios, requeriría una compensación por permitir que dicha transacción no prosperara.

Se dijo que era un hombre horrible.

–¿Quizá… mmm… la satisfacción de hacer una buena obra por primera vez en la vida?

Él rió.

–Es la mejor idea que he oído jamás, y procedente de una mujer encantadora… pero, como a casi todos los seres humanos, el impulso que me mueve es el deseo de evitar el dolor e ir en pos del placer.

–Y pensar que había imaginado que tu principal impulso era la codicia. La verdad es que no tengo dinero.

–No quiero tu dinero.

–¿Qué quieres, entonces?

–Creo que ya lo sabes –indicó con voz sedosa y adelantando otra vez el torso–. Tú. Tú me interesas... mucho. Creo que nos podríamos proporcionar mutuamente un placer inmenso... en las circunstancias adecuadas.

El calor de sus ojos le provocó una oleada no deseada de hormigueo por todo el cuerpo. Llegó a la conclusión de que había subestimado seriamente el riesgo de enfrentarse a ese hombre.

–De hecho –añadió Quinn–, creo que los dos sabíamos lo que queríamos en cuanto nos miramos hoy.

La deseaba.

Y aunque estaba prometido a Jaycee, no sentía ningún remordimiento en reconocer su deseo imposible por la hermana mayor, más flaca y corriente. Quizá la idea de acostarse con la hermana de su futura esposa potenciaba su idea original de venganza. O tal vez, simplemente, era un hombre que no se negaba una mujer que pudiera apetecerle.

–Tengo hambre –continuó él–. ¿Por qué no hablamos de tu propuesta durante la cena?

–No, no podría. Has dicho más que suficiente para convencerme de la clase de hombre que eres.

–¿A quién quieres engañar? Estabas predispuesta en mi contra desde antes de presentarte aquí. Me consideras el diablo, y a pesar de ello... en secreto sigues sintiéndote atraída por mí. Porque lo estás. Reconócelo.

–En absoluto –espetó, aturdida por su atrevimiento.

Quinn volvió a reír.

–¿Tienes novio? –preguntó–. ¿O planes para la cena que necesites cambiar?

–No –admitió sin pensárselo.

–Bien –pareció auténticamente complacido–. Entonces, arreglado.

–¿Qué?

–Tú y yo tenemos una cita para cenar.

–¡No!

–¿Qué te da miedo? –preguntó con su voz profunda y aterciopelada.

Esa misma voz que le transmitió que tenía mucho más en mente que una cena. Y una parte de ella, que Dios la ayudara, quiso correr hacia él como una polilla a la luz, a pesar de que iba a casarse con su hermana y de que quería destruir a su familia.

–Hoy te has presentado aquí para hablar conmigo, para convencerme de hacer lo que me pides –concluyó él–. Pues te ofrezco acceder a mí.

–¿Pero?

Le dedicó una sonrisa insolente.

–Si quieres salvar a tu hermana del lobo malo y feroz, esta es tu oportunidad.

Capítulo Dos

Cuando ella le sugirió ir a pie a algún sitio cerca de la oficina, él se burló:

–No tendrás miedo de subirte a mi coche, de estar a solas conmigo, ¿verdad?

–Sólo me parece más sencillo… estar en algún lugar cercano –había respondido de forma evasiva–. Además, eres un hombre ocupado.

–No tanto para las cosas que de verdad importan.

Luego había sugerido que caminaran siguiendo el cauce del río. El silencio agradable que habían compartido mientras avanzaban por los adoquines y la hermosa vegetación que los adornaba fue muy placentero.

Kira tenía un gato y sabía que les encantaba jugar con su presa antes de acabar con ella. No pudo evitar pensar que Quinn hacía algo similar con ella.

En cuanto él le abrió la puerta para que entrara en uno de los restaurantes mexicanos más populares de San Antonio, recibió el impacto de risas y música latina.

Al ver que justo en ese momento salía una pareja, Quinn le rodeó la cintura con el brazo y la pegó a él para dejarlos pasar.

Cuando su cuerpo la rozó de manera íntima, la envolvió una oleada de calor similar a la de la tarde en que había estado embarrada y Quinn la había tomado en brazos. Inhaló su fragancia limpia y masculina. E igual que aquella vez, la atrajo como si fuera un imán.

Al oír su leve y excitado jadeo, él sonrió e incrementó la presión de la mano en su cintura.

—Tenerte así es demasiado agradable —susurró.

La noche era muy fresca para la ropa que ella llevaba, por lo que instintivamente se pegó a ese cuerpo duro y ardiente y se quedó cobijada en su calidez.

Pero respiró hondo antes de apartarse.

Él rió.

—No eres la única que ha quedado aturdida por nuestra conexión. Me gusta abrazarte tanto como a ti estar en mis brazos. De hecho, es todo lo que me gustaría hacer… abrazarte. ¿Eso me vuelve malo? ¿O demasiado humano por haber encontrado a una mujer a la que no tengo voluntad de resistirme?

—¡Eres de lo que no hay! ¿Por qué me habré dejado convencer para esta cena?

—Porque era lo lógico y yo insistí. Porque soy muy bueno en conseguir lo que quiero. Tal vez porque tú querías. Pero ahora me encantaría que nos saltáramos la cena. Podríamos pedir una cena para llevar a mi loft, que no está lejos de aquí. Tú eres conservadora de museo. Yo soy coleccionista de arte. Tengo varias obras que podrían interesarte.

—¡Apuesto que sí! No es una buena idea.

Él volvió a reír.

No se sintió más a salvo una vez dentro del restaurante atestado y bien iluminado. El personal amable, los mariachis que hacían su ronda, la decoración colorida y la atmósfera festiva inducían a bajar la guardia.

Cuando les dijeron que había una espera de treinta minutos, a Quinn no pareció importarle. De hecho, pareció complacido.

—Esperaremos en el bar —dijo con una sonrisa.

Una vez allí, pidió dos margaritas.

—Yo preferiría agua con gas —indicó ella, sentándose muy erguida y convencida de que iba a necesitar una gran claridad mental.

—Como desees —aceptó él con galantería, pidiendo también el agua mineral con gas.

Pero no canceló los dos margaritas.

Cuando llegaron las copas, él se llevó la suya a los labios y lamió la sal que había en el borde del cristal. Sólo ver eso la inundó de un calor ridículo al imaginar que le lamía la piel.

—Creo que nuestra primera cena juntos merece un brindis, ¿no te parece? —preguntó él. La mano de ella se movió hacia el agua—. El tequila está magnífico. Merece la pena que lo pruebes.

Lo miró a los ojos y titubeó. Casi sin darse cuenta, su mano se desvió hacia el cóctel.

—No lo lamentarás —prometió él con esa sedosa voz de barítono.

Ella alzó la copa y con cierta renuencia hizo que entrechocara con la de Quinn.

–Por nosotros –brindó este–. Por los comienzos nuevos –sonrió con benevolencia, pero sus ojos azules brillaban demasiado.

El primer trago le resultó salado, dulce y muy fuerte. Supo que no debía beber más. Pero casi al instante, un calor placentero zumbó a través de ella, suavizando su actitud hacia él y debilitándole la voluntad.

–Tenías razón. Está delicioso.

–Es el mejor… razón para que no te lo perdieras. Nadie puede desandar el camino por la vida. Debemos aprovecharla al máximo en cada momento… porque una vez que se desvanecen, esos momentos se han ido para siempre.

Bebió otro trago y lo miró.

–Es gracioso, pero no te habría considerado un filósofo.

–Si te tomaras la molestia de llegar a conocerme, podrías quedar realmente sorprendida por quién soy de verdad.

–Lo dudo.

Todos los músculos de su rostro atractivo se tensaron. Kira se preguntó si lo habría herido.

Se dijo que eso era imposible.

Los nervios le hormigueaban y decidió beber un sorbo del margarita realmente delicioso. Ese segundo sorbo condujo a un tercero, luego a otro y a otro, cada uno bajando con más facilidad que el anterior por su garganta. Apenas notó que Quinn había dejado de estar enfrente para ir a sentarse junto a ella… aunque, al mismo tiempo, ¿cómo no notarlo?

No la tocó, pero resultaba estimulante estar tan cerca, saber que sólo la ropa les separaba los muslos, preguntarse qué haría él a continuación.

En ningún momento dejó de mirarla. Concentrado exclusivamente en ella, le contó historias de su juventud, de antes de que muriera su padre. De cómo había jugado al fútbol con él, lo había llevado a pescar y a cazar, lo había ayudado con los deberes del colegio. No tocó los temas sombríos del divorcio de sus padres ni el de la muerte de su progenitor.

–Cuando, por algún motivo, no había colegio, siempre me llevaba a su oficina. Estaba decidido a transmitirme una ética de trabajo.

–Suena como el padre perfecto –comentó ella con nostalgia–. Yo jamás parecía conseguir complacer al mío. Si me leía, me movía demasiado, haciendo que él perdiera la paciencia. Si me llevaba a pescar, me aburría y mi inquietud terminaba por hacer que se le rompiera el sedal o tirara el cubo con cebos. En una ocasión me levanté demasiado deprisa e hice que el bote volcara.

–Puede que yo no te lleve a pescar.

–Siempre quiso un varón, aunque tampoco satisfice más a mi madre. Consideraba que Jaycee, a quien le gusta arreglarse e ir a fiestas, era perfecta. Sigue creyéndolo. A ninguno de ellos le gusta lo que estoy haciendo con mi vida.

–Pero ellos no tienen el control, nadie lo tiene. Y justo cuando pensamos lo contrario, por lo general nos cae un rayo que nos demuestra que nos equivocábamos –musitó Quinn–. Como esta noche.

–¿A qué te refieres? –el corazón volvió a acelerárse-
sele.

–A nosotros.

–¿Te estás insinuando? –clavó la vista en su hoyuelo.

–¿Sería tan terrible? –le cubrió las manos con las
suyas.

Descubrió que ya había perdido todo el temor
que él le provocaba y que, de hecho, se lo estaba pasando bien.

Y cuando Quinn le dijo cuánto lamentaba que
no se hubieran conocido antes de aquella tarde en
que casi la había atropellado, ella respondió con sinceridad:

–Creía que te casabas con mi hermana sólo para
hacernos daño. No podía perdonar eso.

–Y quieres tanto a tu hermana –frunció el ceño–,
que hoy has venido a mi despacho para tratar de encontrar un modo de evitar que me case con ella.

–Fui una tonta al revelártelo.

–Creo que eres dulce y admiro tu sinceridad. Hiciste bien en venir. Me hiciste un gran favor. He estado siguiendo el curso equivocado. Pero no quiero
hablar de Jacinda. Quiero hablar de ti.

–Pero, ¿reconsiderarás… casarte con ella?

–Desde luego –afirmó de forma convincente.

Entonces, Kira bebió otro sorbo del margarita
sin dedicar más pensamientos al peligro que representaba seguir relajándose junto a ese hombre.

Cuando volvió a tomarle una mano, durante
unos segundos se aferró a ella como si fuera un sal-

vavidas. Pero al darse cuenta de lo que hacía, se soltó.

–¿Por qué me tienes tanto miedo, Kira?

–Puede que sigas con tus planes de casarte con Jaycee y arruines su vida –mintió.

–Ahora que te he conocido, eso es imposible.

Con o sin hoyuelo, se dijo que él seguía siendo el enemigo. No debía olvidarlo.

–¿De verdad me consideras tan cruel como para poder casarme con tu hermana cuando te deseo tanto a ti?

–Pero, ¿qué vas a hacer con Jaycee?

–Te lo he dicho. Se volvió irrelevante en cuanto esta tarde te vi de pie en mi despacho.

–Es hermosa… y rubia.

–Sí, pero tu belleza me afecta más. ¿Es que no lo sabes?

–No es verdad –movió la cabeza–. Tú sólo sales con rubias.

–Entonces, ha llegado el momento de un cambio.

–Voy a confiarte un deseo secreto. Toda mi vida he deseado ser rubia… así me parecería más al resto de mi familia, en especial a mi madre y a mi hermana. Pensé que quizá entonces sentiría que formaba parte de algo.

–Eres hermosa.

–Un hombre como tú diría cualquier cosa…

–Nunca le he mentido a una mujer. ¿No sabes lo increíblemente adorable que eres con tus brillantes ojos oscuros que reflejan tu alma dulce y pura cada vez que me miras y defiendes a tu hermana? Siento tu amor por ella correr por tu interior como electricidad líquida. Eres grácil. Te mueves como una bailarina. Me encanta el modo tan intenso en que sientes y cómo te ruborizas cuando crees que podría llegar a tocarte.

–Como una niña.

–No. Como una mujer responsable y apasionada. Eso me gusta… demasiado. Y tu cabello… es largo y suave y brilla como satén castaño. Pero hay fuego en él. Quiero pasar mis manos por esos mechones.

–Pero apenas nos conocemos. Y te he odiado…

–Tampoco nadie de los Murray ha figurado en mi lista de personas favoritas… pero empiezo a ver el error de mi actitud. Y no creo que tú me odies tanto como finges.

Kira lo estudió con detenimiento en busca de algún vestigio de mentira; sin embargo, sólo vio calidez, sinceridad y una emoción intensa. Nadie la había mirado jamás con semejante anhelo ni la había hecho sentir tan hermosa.

Toda la vida había querido a alguien que la hiciera sentir tan especial. Era irónico que esa persona fuera Quinn Sullivan.

–Creía que eras tan malo…

–Ay –él enarcó las cejas.

–¿Cómo pude equivocarme tanto contigo?

–Yo también estaba desencaminado.

–Necesito más tiempo para reflexionar sobre esto. Como te he dicho… hace apenas un par de horas no me caías bien. O al menos eso creía.

–Porque no me conocías. Diablos, quizá yo tampoco me conocía... porque desde que te conocí todo es diferente.

Ella sentía lo mismo, pero sabía que debía frenar y reevaluar todo.

–No se me da bien elegir novio –susurró.

–Ellos se lo pierden –le apretó los dedos–. Y yo gano.

Llegaron los tacos, con un aspecto y un olor delicioso, pero ella apenas los tocó. Todos sus sentidos estaban sintonizados con la voz maravillosa de Quinn.

Sus ojos se encontraron y sintió que lo conocía de siempre, que ya era su amante, su alma gemela. Era irracional sentir eso y tener esos pensamientos por un hombre que casi era un desconocido, pero cuando terminaron la cena, se saltaron el postre.

Una hora más tarde, estaba sentada frente a él en su loft, bebiendo café mientras él saboreaba un brandy. En vano trató de mostrarse indiferente a su impresionante colección de arte y a las brillantes vistas de la ciudad.

–Quise estar a solas contigo nada más verte hoy –comentó él.

Ella se movió incómoda en el sofá de piel de color crema. Ahí tenía más pruebas de que Quinn no dejaba nada al azar.

–Pues yo no.

–Creo que sí. Simplemente, no te podías permitir creer que era así.

–No –susurró, dejando la taza en la mesilla del centro. Le costó centrarse en su misión–. Bien, ¿qué me dices de Jaycee? ¿Estás seguro de que eso se acabó?

–Totalmente. Desde el instante en que te vi.

–Sin barro en la cara.

Él rió.

–De hecho, ese día también me conquistaste. Todas las veces que cené con Jacinda y tu familia no dejaba de esperar que te volvería a ver.

Incluso al recordar las invitaciones de sus padres, que siempre había declinado, no pudo creer que él dijera la verdad.

–Hice que mi equipo te investigara –le reveló.

–¿Por qué?

–Yo mismo me formulé la misma pregunta. Creo que me fascinabas… incluso con barro en la cara. Lo primero que haré mañana será romper oficialmente el compromiso con Jacinda. Lo que significa que has ganado. ¿Te alegra eso? Tienes lo que viniste a buscar.

Él era todo encanto, en especial su sonrisa cálida. Le hacía feliz el simple hecho de estar con él, aunque no podía reconocérselo.

Sin embargo, debió de percibir sus sentimientos, porque se levantó y en silencio avanzó hacia ella.

–Siento como si desde la muerte de mi padre hubiera vivido toda mi vida en soledad… hasta que has aparecido tú. Y así era como quería vivir… hasta que apareciste tú.

Y a pesar de lo súbito que era todo, ella sentía lo mismo. Como no tuviera cuidado, olvidaría todo lo que debería dividirlos.

Como en un sueño, aceptó su mano cuando él se la ofreció y le besó los dedos con devoción febril.

—Me has hecho ver lo solo que he estado —afirmó.

—Esa es una buena frase.

—Es la verdad.

—Pero tienes tanto éxito, mientras que yo...

—Mira lo que haces mientras tanto... ayudar a una amiga a alcanzar su sueño.

—Mi padre dice que desperdicio mi potencial.

—Te encontrarás a ti misma... si eres paciente —la tomó por la barbilla y la miró a los ojos.

De nuevo ella sintió que estaba con un alma gemela que sabía lo que se sentía al estar perdida.

—Santo cielo —agregó Quinn—. No me hagas caso. Yo no sé nada sobre la paciencia. Como ahora... debería soltarte... pero no puedo.

La pegó a él con fuerza. Pasó poco tiempo hasta que abrazarla dejó de bastar. Debía tener sus labios, su garganta, sus pechos.

Ella sintió lo mismo. Desprendiéndose de la blusa, el pañuelo y el sujetador, estalló en llamas cuando él la besó. No podía aguardar un momento más para ser suya.

—Yo tampoco me siento muy paciente ahora mismo —le reconoció Kira con voz ronca.

«No te entregues a este hombre», le advirtió una voz interior. «Recuerda a todas aquellas rubias. Recuerda su necesidad de venganza».

Pero sus emociones perdieron el control con ese hombre de un atractivo devastador. Se preguntó si le habría dicho todas esas cosas maravillosas a las mujeres con las que se había acostado. ¿Había hecho también las mismas cosas mil veces antes? ¿Las noches como esa eran una rutina para él mientras ella se sentía apasionadamente viva?

Pero entonces la boca de él la reclamó una y otra vez, con un apetito fiero y salvaje que la hizo olvidar todas sus dudas, temblar y aferrarse a él. Sus besos la completaban como nunca antes le había sucedido. Quinn era un alma herida y ella entendía sus heridas. Se preguntó cómo podía sentir tanto cuando aun ni siquiera habían hecho el amor.

La alzó en vilo y la llevó a su vasto dormitorio, en ese momento bañado por la luz de la luna. Por encima del hombro ella vio la cama grande y negra en el centro de un océano de mármol blanco y alfombras persas.

Sintiéndose perdida en esa situación y sin saber qué otra cosa hacer, apoyó la yema de un dedo con suavidad y timidez en su hoyuelo.

Percibiendo la tensión que la embargaba, Quinn la dejó en el suelo. Kira se apartó un paso. Observándola, le dijo:

—Puedes terminar de desvestirte en el cuarto de baño, si anhelas privacidad. O podemos parar y te llevaré hasta tu coche. Tú eliges.

Debería haber aceptado el ofrecimiento. Decirle que ese no era su lugar. Pero sin decir una palabra, fue hacia la puerta que él había indicado. A solas en el cuarto de baño todo de mármol beis, con apliques dorados y un hermoso grabado de otro de sus artistas predilectos, apenas reconoció su rostro agitado, su cabello revuelto y sus ojos resplandecientes.

La joven radiante ante el espejo de cuerpo entero era tan hermosa como una princesa encantada. Se la veía expectante, excitada. Quizá ese sí fuera su sitio. Quizá él era el comienzo de su nueva vida, el primer paso correcto hacia el futuro brillante que durante tanto tiempo la había eludido.

Cuando regresó de puntillas al dormitorio enfundada sólo en una bata blanca, él estaba en la cama. Admiró el ancho de sus hombros bronceados. Jamás había salido con alguien que fuera la mitad de atractivo que Quinn; nunca había sentido algo tan poderoso como el calor embriagador que permeaba todo su cuerpo a medida que los ojos azules de él la estudiaban prácticamente con voracidad. Se sentía nerviosa, casi al borde de los temblores.

–No soy buena en el sexo –confesó–. Seguro que tú eres muy bueno… Claro que lo eres. Tú eres bueno en todo.

–Ven aquí –susurró.

–Pero…

–Tú sólo ven a mi lado. No podrías deleitarme más. Seguro que ya sabes eso.

Se preguntó si de verdad sentiría tanto como ella.

Quitándose la bata, corrió hacia él antes de perder el valor, cayó en la cama y en sus brazos, consumida por fuerzas sobre las que ya no tenía control. Nada importaba salvo deslizarse contra su cuerpo largo y estar envuelta en sus brazos fuertes.

Le dio un momento para que se acomodara antes de rodar hasta quedar encima de ella. Apoyándose en los codos, le besó los labios, las mejillas, las cejas y luego los párpados. Lento, gentil, cada beso la volvía loca.

–Tómame –murmuró Kira dominada por una fiebre como jamás había experimentado–. Te quiero dentro de mí. Ahora.

–Lo sé –respondió él, riendo–. Yo estoy tan hambriento como tú. Pero ten paciencia, cariño.

–Tienes un modo muy peculiar de demostrar tu deseo.

–Si hago lo que me pides, se habrá acabado en un abrir y cerrar de ojos. Este momento, nuestra primera vez juntos, es demasiado especial para mí. Debemos saborearlo, exprimirlo, hacer que dure –agregó.

–Quizá yo quiera que se acabe deprisa –suplicó–. Quizá esta necesidad obsesiva es insoportable.

–¿Una expectativa exquisita?

–No puedo soportarlo.

–Y yo quiero potenciarlo. Lo que significa que tenemos objetivos contrarios.

No la tomó. Con infinita delicadeza y enloquecedora paciencia, la adoró con su boca hábil y sus manos diestras. Los labios febriles le recorrieron la piel suave. Le lamió cada pezón hasta que se endurecieron. Luego le besó el ombligo y el vientre y bajó aun más con el fin de explorar esos labios ocultos y dulces como la miel que tenía entre las piernas. Al sentir que su lengua la penetraba, jadeó y se retiró.

Hasta esa noche, había sido una exiliada en el mundo del amor. Con los demás hombres, no es que hubiera habido muchos, había sido una autómata desempeñando un papel.

Hasta esa noche, con Quinn.

¡No podía permitir que eso fuera algo más que un sexo intenso y salvaje! El hombre no podía importar. Pero sus emociones crecientes le informaban de que sí importaba… de formas que nunca antes hubiera imaginado posibles.

Le tomó un pecho en la boca y lo succionó otra vez. Luego la mano entró en su humedad encendida, haciendo que jadeara impotente y que suplicara. Cuando la acarició, frotando los dedos contra esa piel oculta, se arqueó contra el contacto experto mientras respiraba con bocanadas torturadas.

Justo cuando creía que no podía soportarlo más, la arrastró debajo y la penetró. Era enorme, masivo, maravilloso. Con un grito se aferró a él y empujó su pelvis contra la de Quinn, anhelando que la llenara incluso más profundamente.

Gimió al sentir que penetraba cada vez más. Durante un largo momento la abrazó y la acarició. Luego comenzó a entrar y a salir, al principio despacio. El creciente placer de Kira la sacudió con oleadas fuertes y ardientes, haciendo que alcanzara el orgasmo y gritara su nombre.

Él enloqueció cuando ella le clavó las uñas en los hombros. Luego tuvo un orgasmo más, y otro, sollozando. No supo cuántos experimentó antes de sentir que él tensaba los glúteos y estallaba.

Después, el sudor comenzó a caerle por la frente y el cuerpo de ambos ardía.

–Querida Kira –susurró con esa voz de barítono–. Querida Kira.

Y a pesar de lo extenuada que se hallaba, aún podía hacerla temblar.

Durante largo rato permaneció en sus brazos, sin hablar, demasiado débil para mover cualquier parte del cuerpo. Luego él se inclinó y le mordisqueó el labio inferior.

La segunda vez que le hizo el amor, mostró una gentileza reverencial que la llevó a llorar y a abrazarse a él largo tiempo después. Esa segunda vez había usado un preservativo, impulsándola a comprender tardíamente que no había sido así en la primera ocasión.

¿Cómo habían podido ser tan descuidados? Posiblemente, los dos se habían dejado llevar. Ya era inútil preocuparse. Además, se sentía demasiado feliz, demasiado relajada como para que le importara algo que no fuera estar en sus brazos. No había vuelta atrás.

Y no dejaron de mirarse mientras charlaban. Él le habló de la crisis financiera de su familia y de cómo el padre de Kira se había vuelto contra el suyo, empeorando las cosas. Habló de la extravagancia y de la traición de su madre y del dolor profundo que le había causado el desmoronamiento rápido y brutal de su mundo. Ella escuchaba mientras Quinn explicaba cómo la pobreza y la impotencia lo habían modelado y vuelto un hombre duro.

–El amor me hizo demasiado vulnerable, lo mismo que a mi padre. Fue una fuerza destructiva. Mi padre amaba a mi madre y eso acabó con él. Ella era codiciosa y extravagante –dijo–. El amor destruye a los hombres de mi familia.

–Si no querías amar, ¿por qué saliste con todas esas mujeres sobre las que he leído?

–No buscaba amor, y ellas tampoco.

–Entonces, ¿sólo las estabas usando?

–Y también ellas a mí.

–Eso es tan cínico.

–Es como ha sido mi vida. Quería tanto a mi padre, y sufrí tanto cuando murió, que abandoné la idea de amar. Por amarla, mi madre le rompió el corazón con sus incesantes exigencias. Cuando perdió la empresa, ella perdió interés en él y comenzó a buscar a un hombre más rico.

–¿Y lo encontró?

–A varios.

–¿La ves alguna vez?

–No. Creo que yo fui un accidente que ella lamentó. Le era imposible conectar con los niños, y una vez que me hice adulto, fui yo quien no tuvo interés en ella. El amor, sin importar de qué clase, siempre tiene un precio demasiado alto. Sin embargo, todos los meses le mando un cheque.

–O sea que mi padre sólo fue parte del problema del tuyo.

–Pero una parte importante. Perder la copropiedad de Sullivan & Murray Oil hizo que sintiera que era menos que nada. Mi madre lo abandonó debido a esa pérdida. Le quitó el poco dinero y autoestima que le quedaban. Solo, sin la compañía de su esposa, se deprimió. No comía. No podía dormir. Yo oía crujir las escaleras por la noche cuando él no paraba de ir de un lado a otro.

»Hasta que una mañana, temprano, escuché un disparo. Cuando lo llamé, no obtuve respuesta. Lo encontré en nuestro garaje. En un charco de sangre en el suelo, muerto. Aún no sé si fue un accidente o… lo que yo temía que fuera. Se había ido. Al principio me asusté. Luego me sentí indignado. Quería culpar a alguien, vengarme, hacer que su muerte sirviera para algo. Viví para la venganza. Pero ahora que casi he alcanzado mi objetivo de recuperar Murray Oil, es como si mi fiebre se hubiera consumido.

–Oh, yo no diría eso –bromeó, tocándole la frente húmeda.

–Me refería a vengar a mi padre, que era lo que me daba fuerzas para seguir adelante.

–Entonces, ¿por qué vas a vivir ahora?

–No lo sé. Supongo que mucha gente se levanta por la mañana y va al trabajo, y luego vuelve a casa por la noche, se sirve una copa y se dedica a mirar la televisión.

–Tú no.

–¿Quién lo sabe? Quizá esa gente es afortunada. Al menos no la impulsa el odio, como me sucedió a mí.

Le pasó la mano por el pelo.

–Aún eres joven. Encontrarás algo que le dé sentido a tu vida –le dijo.

–No será el amor, porque he experimentado su lado oscuro durante demasiados años. Quiero que sepas eso. Tú eres especial, pero jamás podré amarte, sin importar lo bien que estemos juntos. Ya no soy capaz de sentir esa emoción.

–No paras de decírmelo –indicó, fingiendo que sus palabras no dolían.

–Sólo quiero ser sincero.

–¿Siempre conocemos nuestras propias verdades?

–Cariño –susurró–. Perdóname si soné demasiado profundo. Es que… no quiero herirte haciendo que tus expectativas se eleven por algo de lo que soy incapaz. Otras mujeres han sido infelices por cómo soy.

–Eres el enemigo de mi familia. ¿Por qué iba a querer amarte alguna vez?

Lo abrazó durante horas, tratando de confortar al niño que había perdido tanto y al hombre airado que había ganado una fortuna porque lo había consumido un odio intenso, aunque extraviado.

–Mi padre no tuvo nada que ver con la muerte de tu padre –musitó–. Nada.

–Tú tienes tu punto de vista, y yo el mío. Lo importante es que ya no te considero responsable de los pecados de tu padre.

–¿No?

–No.

Luego, guardó silencio. Al rato, la soltó y le dio la espalda.

Ella permaneció horas despierta, preguntándose

adónde irían a partir de ahí, si se había engañado al pensar que no era su enemigo.

¿Qué precio pagaría por acostarse con un hombre que probablemente sólo la veía como un instrumento de venganza?

Capítulo Tres

Al despertar desnuda en la cama de Quinn, se sintió inquieta y muy tímida. Se apoyó sobre un codo y lo observó con cautela a la luz rosácea del amanecer. Y sus dudas regresaron multiplicadas por cien.

Pero se dijo que ya no tenía sentido lamentar lo sucedido. De no haberse acostado con él, jamás habría sabido que era posible experimentar semejante éxtasis.

Estaba a punto de acariciarle el pelo cuando, sin advertencia previa, él abrió los ojos y la miró con esa franqueza que todavía la sobresaltaba.

–Buenos días, cariño.

La recorrió una sacudida antes de que él adelantara una mano bronceada para acercarle la cara a la suya y darle un beso ligero en los labios. Nunca había deseado a nadie tanto como a Quinn.

–Aún no me he lavado los dientes –le advirtió.

–Yo tampoco. No espero que seas perfecta. Sencillamente, te deseo. No puedo estar sin ti. Deberías saberlo después de lo de anoche.

Estaba asombrada, porque sentía exactamente lo mismo. No obstante, con las dudas aún persistentes, sintió que debía protegerse con una protesta.

–Lo de anoche probablemente fue un error.

–Quizá. O quizá es una complicación, un desafío. O algo bueno. En cualquier caso, es demasiado tarde para preocuparse por ello. Ahora te deseo más que nunca.

–Pero, ¿cuánto tiempo?

–¿Existe algo seguro?

La besó con ardor. Antes de que Kira pudiera volver a protestar, se situó encima de ella y, una vez dentro, la reclamó con vehemencia mientras la inmovilizaba y la llenaba con una erección enorme. Cuando la embistió con violencia, también ella corveó como un animal indómito, sus dudas disolviéndose como la bruma a medida que el deseo primigenio atravesaba las barreras del raciocinio.

–Lo siento –dijo él más tarde–. Te deseaba demasiado.

Sin embargo, en el último instante había recordado ponerse un preservativo. En esa ocasión no la abrazó con ternura ni le confió cosas dulces como la noche anterior. De hecho, parecía muy irritado consigo mismo.

–Puedes usar el cuarto de baño principal. Prepararé café –agregó con sequedad.

Con esa sencillez, quería que se fuera. No debería sentirse dolida. ¿Acaso no le había advertido de que era incapaz de acercarse a alguien? Debería agradecer la experiencia sexual sublime que había tenido y olvidarse del resto.

Tenía su orgullo. No pensaba aferrarse a él o mostrar que le importaba. Pero sí le importaba. El peor enemigo de su familia había ganado rápidamente un poder importante en su corazón.

En silencio, se levantó y, desnuda, cruzó la alfombra, con cada célula de su cuerpo consciente de que él no le apartaba los ojos de encima hasta que cerró la puerta del cuarto de baño a su espalda. Entonces, echó el cerrojo y se apoyó contra la madera.

Respiró hondo y viendo su reflejo en el espejo, se preguntó qué había hecho.

La televisión estaba encendida y un arreglado Quinn miraba la marcha del mercado bursátil mientras sostenía el teléfono contra la oreja. A su espalda, había una aromática cafetera recién hecha.

Estaba a punto de entrar cuando él quitó el sonido del televisor con el mando a distancia. Su voz sonaba tan cortante y seca como el día anterior en la oficina.

—Habib, los negocios son los negocios —espetó—. Sé que tengo que convencer a los accionistas y al público de que soy un caballero con reluciente armadura. Por eso acepté casarme con una hija de Murray y por lo que sus padres, en particular él, que quiere una transición de poder fluida y fácil, sugirió que lo hiciera con Jacinda y la convenció para que me aceptara. Sin embargo, si la hermana mayor acepta casarse conmigo, ¿en qué habría de importaros a ti o a cualquier otra persona, aparte de a Jacinda, quien sin duda estará encantada de recuperar su vida?

Quienquiera que fuera Habib, sin duda arguyó algo, porque la siguiente respuesta de Quinn sonó aún más enfadada.

—Sí, conozco la historia de la familia y la razón de que tú consideres a Jacinda la elección preferible, pero como nadie más lo sabe, al parecer ni siquiera Kira, carece de importancia. De modo que si he decidido casarme con la hermana mayor en lugar de la menor, y esa decisión contentará tanto a los accionistas como a los empleados, ¿por qué diablos debería importarte a ti?

El hombre debió de replicar otra vez, porque el tono de Quinn sonó incluso más cortante.

—No, aún no se lo he pedido. Es demasiado pronto. Pero cuando lo haga, le recordaré que ayer le dije que demandaría un precio para liberar a su hermana. Y ella tendrá que pagarlo, eso es todo. No le quedará más elección que hacer lo que es mejor para su familia y su hermana. Diablos, haría cualquier cosa para conseguir la aprobación de ellos.

Una hermana o la otra… no importaba cuál.

Que pudiera hablar de casarse con ella en vez de con Jaycee como si se tratara de una fría transacción comercial antes incluso de molestarse en proponérselo hizo que su corazón estallara de dolor e indignación. Que fuera a emplear su deseo de recibir el amor y la aprobación de su familia para obtener ventaja resultaba demasiado horrible de soportar.

Era obvio que para él no representaba nada. Aunque no sabía por qué le dolía tanto si ya lo había sabido.

Quinn le había dicho que era especial. Nadie la había hecho sentir jamás tan valorada.

Diciéndose que era una idiota romántica, cerró los ojos. Incapaz de estar con él en ese momento, regresó al dormitorio. En su estado era incapaz de obrar racionalmente y sólo demandar una explicación.

Él lo planificaba todo. Su seducción debió de ser una jugada calculada. Ya no podía creer que la intimidad compartida lo afectara tanto como a ella. Después de todo, era flaca y corriente. Él había sabido que lo deseaba y usaba ese conocimiento para manipularla.

Cando la noche anterior le había prometido que rompería con su hermana, en ningún momento se le había pasado por la cabeza el modo taimado en que lo haría.

Seguía procesando todo lo descubierto cuando Quinn entró en la habitación.

–Bien, estás vestida –dijo con esa voz tan agradable–. Estás preciosa.

Negándose a mirarlo o a creer en el cumplido para no perder la determinación, asintió.

–He preparado café.

–Huele bien –susurró con la vista clavada más allá del cristal de la ventana.

–¿Tienes tiempo para desayunar?

–¡No!

–¿Sucede algo?

–Estoy bien –comentó con tono más suave.

–Claro. Será por eso que pareces tan distante.

–¿En serio?

–Y dicen que son los hombres los que se retraen a la mañana siguiente.

Tuvo que morderse el labio para no gritarle.

–No obstante, lo comprendo –agregó él.

–Me hará falta cierto tiempo para acostumbrarse a lo de anoche –dijo ella.

–A mí también –Kira no respondió–. Bueno, el café está en la cocina –indicó antes de darse la vuelta.

Prefiriendo separarse sin discutir, lo siguió a la cocina, donde Quinn le sirvió una taza de café humeante que le entregó.

–¿Lo tomas con leche? ¿Azúcar?

–No conocemos las cosas más básicas del otro, ¿verdad? –comentó mientras negaba con la cabeza.

–Después de lo sucedido anoche, he de discrepar contigo, cariño.

Se ruborizó, confusa.

–No me llames de esa manera.

–Se te ve realmente alterada –comentó, estudiándola con atención.

Ella bebió café, eligiendo otra vez el silencio.

–Para que lo sepas, a mí me gusta el café solo y fuerte –reveló Quinn–. Sin azúcar. Así que tenemos eso en común. Y lo que compartimos anoche.

–No...

–Diría que hemos empezado muy bien.

«Hasta comprender lo que tramabas, habría estado de acuerdo contigo».

El calor feliz de la noche anterior, cuando la había hecho sentir tan especial, se había desvanecido. Se sentía incómoda e insegura… y dolida, lo que resultaba ridículo, ya que en todo momento había sabido quién y qué era él.

¿Por qué se había dejado llevar por su atractivo y su habilidad sexual?

Porque el estúpido enamoramiento que sientes por él te ha derretido el cerebro.

Y le había encendido sus hormonas desbocadas. Nunca se había sentido física y espiritualmente tan en sintonía con alguien. Hasta había llegado a pensar que podrían ser almas gemelas.

–Escucha, será mejor que me vaya –soltó de golpe, haciendo que él la volviera a mirar.

–De acuerdo. Entonces, te llevaré, ya que dejaste tu coche en el centro.

–Puedo llamar un taxi.

–¡No! Yo te llevaré.

Ella asintió en silencio.

Cuando aparcó el Aston Martin plateado detrás de su pequeño y polvoriento Toyota, vio consternada que tenía una multa en el parabrisas.

Él bajó y rodeó su coche con celeridad para ir a abrirle la puerta, pero Kira se le adelantó.

–¿Estás segura de que no pasa nada? –preguntó él.

Ella recogió la multa, pero antes de poder meterse en el coche, él le rodeó la cintura por detrás.

Era tan sólido, fuerte y cálido que le costó contener un suspiro. Sabía que debía alejarse lo más rápidamente posible para serenarse.

La hizo girar hasta dejarla de cara a él y le acarició la mejilla con ternura. Parecía importarle.

«Mentiroso».

–No me resulta fácil dejar que te vayas –le dijo.

–La gente nos mira –comentó ella con suavidad, a pesar de que por dentro bullía de indignación.

–¿Y qué? Lo de anoche fue muy especial para mí, Kira. Siento que a ti te perturbe. Espero que sólo sea por la velocidad con la que transcurrió todo. No fui demasiado brusco, ¿verdad?

La preocupación que había en su voz la sacudió.

–No –y apartó la vista para que no la dominara la tentación.

–Jamás había sido así para mí. No… no pude controlarme, en especial esta mañana. Te deseaba otra vez… mucho. También para mí todo va muy deprisa. Preferiría poder planificarlo.

Pues por teléfono parecía haber tenido un plan bien trazado. Casarse con una Murray. Y se ceñía a él.

–Sí, va demasiado… deprisa –se mordió el labio–. Pero… estoy bien –Quinn resultaba tan agradable que no era difícil querer creer en su sinceridad.

–Aquí tienes mi tarjeta –la sacó del bolsillo–. Puedes llamarme cuando te apetezca. Quiero volver a verte… tan pronto como sea posible. Hay algo muy importante que necesito hablar contigo. Por desgracia, en cuanto te deje he de ausentarme unos días por negocios, primero en Nueva York y luego en Londres. Murray Oil está en plenas negociaciones de un acuerdo importante con la Unión Europea. Mi reunión esta noche en Nueva York termina a las ocho, así que llámame después. Al móvil.

Sacó un bolígrafo y un papel y apuntó el número.

–¿Me mandarás un mensaje en cuanto rompas con mi hermana?

–¿Puedo tomar eso como que te importo… un poco?

–Claro –susurró ella, preguntándose cómo podía Quinn mentir con tanta facilidad–. Tómalo del modo que quieras.

¡Lo que no pensaba hacer era dejar que su padre las vendiera a Jaycee o a ella a ese hombre!

Capítulo Cuatro

—Eres su padre. Sigo sin creerme que no tengas idea de dónde puede estar Kira. Diablos, lleva ausente casi tres semanas.

Moviendo la cabeza, Earl se acercó a la ventana del despacho de Quinn para mirar a través de los cristales.

—Ya te lo he dicho, probablemente estará pintando en alguna parte. Suele hacer eso.

Se odiaba a sí mismo por haber tenido prácticamente que ordenarle al irritante Murray que se presentara en su despacho. Pero se sentía así de desesperado por saber que Kira se hallaba a salvo. Y aparte de eso, tenía que planificar una boda y encontrar a una novia.

—¿Estás seguro de que no se encuentra en problemas?

—¿Y tú estás seguro de que no sabía que ibas a exigir que fuera ella quien se casara contigo?

¡Aparte de querer que Kira ocupara el lugar de Jaycee, ya no estaba seguro de nada! Bueno, quizá de que la había presionado demasiado y demasiado deprisa. Hasta podía haberlo oído hablar con Habib. Desde luego, a partir de aquel momento se había mostrado callada y hosca.

–No creo…

–Te apostaría que se enteró de tus planes y decidió hacértelo pagar. Puede parecer dulce y maleable, pero siempre ha sido independiente. Es imposible de controlar. Por eso te sugerí a Jaycee en primer lugar. Es obediente.

No quería a Jaycee. Nunca la había querido. Quería a Kira… a la dulce y apasionada Kira que se volvía salvaje cada vez que la tocaba. La pasión que mostraba lo estimulaba más que nada en muchos años.

El problema era que después de hacerle el amor aquella mañana, se había sentido completamente atontado y no había querido pensar en el sentimiento que podía representar una atracción tan absorbente y que había surgido en tan poco tiempo. En ese momento sabía que, si le había pasado algo, jamás se lo perdonaría.

–No podía pedirle que se casara conmigo después de nuestra cena. Era demasiado pronto. Diablos, quizá lo dedujo todo y se largó antes de que pudiera explicárselo.

–He comprobado en los lugares a los que suele ir cuando pinta y nadie la ha visto. Tarde o temprano aparecerá. Siempre lo hace. Sólo deberás tener paciencia.

–No es una de mis virtudes.

–Quinn, está bien. Cuando se encuentra entre trabajos, va de un lado a otro de esta manera. Siempre ha sido un espíritu libre.

–Sí –gruñó. Le desagradaba que el hombre mayor pudiera verlo vulnerable y ansioso por la desaparición de Kira.

La única noche que había pasado con ella había sido lo más próximo a la perfección que había conocido desde antes de la muerte de su padre. Nunca había experimentado con otra mujer nada parecido a lo que había compartido con Kira. Se había perdido por completo en ella, había hablado con ella como con nadie más.

En un principio pensó que a la mañana siguiente su actitud distante se había debido al mismo caudal de emociones que lo había asustado a él. Pero no… otra cosa la había impulsado a desaparecer sin decir palabra. En retrospectiva, sólo se le ocurría que se hubiera sentido tan vulnerable como él o que hubiera oído la conversación que había tenido con Habib.

Al día siguiente le había enviado el mensaje tal como se lo había prometido, comunicándole que ya había roto el compromiso con Jacinda. Ella jamás lo había llamado. Ni había contestado sus llamadas desde entonces. Tampoco había regresado al diminuto apartamento donde vivía ni al trabajo en el restaurante.

Kira había llamado a su amiga Betty y le había prometido que contactaría con ella una vez a la semana, pero no le había ofrecido una explicación para su partida ni una fecha de regreso.

Quinn había tenido que reevaluar su situación. Había dejado de cortejar a Jacinda, pero no había cancelado la boda porque había planeado casarse con Kira. El sábado, mil personas esperaban de él que se casara con una de las hijas Murray.

Al parecer, los pensamientos de su futuro suegro seguían el mismo cauce.

–Quinn, tienes que ser razonable. Debemos cancelar la boda –dijo Earl.

–Voy a casarme con Kira.

–Estás diciendo tonterías. Kira se ha ido. Sin novia, vas a irritar a la misma gente que queremos tranquilizar. Accionistas, clientes y empleados de Murray Oil. Por no mencionar que toda esta situación está estresando en demasía a Vera, y en su condición eso no es bueno.

Cuando meses atrás había entrado en el despacho de Earl en posesión de suficientes acciones como para exigir el control de la empresa, con aspecto derrotado, el hombre mayor le había confiado que su esposa estaba gravemente enferma. A Earl no solo no le había importado que Quinn tomara el mando en Murray Oil, sino que consideraba que la adquisición había sido una respuesta a sus plegarias. Era hora de que se jubilara. Con la petrolera en buenas manos, podría dedicarse a su amada esposa, enferma y quizá moribunda.

–Lo es todo para mí –había susurrado–. Igual que lo era tu padre para ti y como lo era tu madre para él antes de que lo abandonara.

–¿Por qué le cuentas eso a tu… enemigo? –le había preguntado Quinn.

–No te veo como a un enemigo. Jamás vi el mundo en blanco y negro, tal como lo hacía Kade, tu padre… y como tú mismo has elegido verlo desde que él muriera. Me creas o no, yo lo quería y lamenté nuestro malentendido. ¿Sabes?, eres como él, de modo que ahora que he de enfrentarme a mi propio desafío, no hay nadie más que tú a quien quisiera entregarle la empresa.

»Vera no quiere que hable de su enfermedad con los amigos y la familia. No puede soportar la idea de que la gente, incluso sus hijas, la consideren débil y enferma. Me alegra poder contárselo al fin a alguien.

Quinn se había quedado de piedra. Durante años había odiado a Earl, había buscado venganza. Pero desde aquella conversación, sus sentimientos habían empezado a cambiar. La conexión que había encontrado con Kira había acelerado dicho proceso.

Había comenzado a reconsiderar sus elecciones, su pasado. No todos los recuerdos que tenía de Earl eran negativos. Recordaba buenos momentos pescando y cazando con él y con su padre. Siendo niño, le encantaban las historias que Earl contaba alrededor del fuego.

Quizá el canalla había sido parcialmente responsable por la muerte de su padre. Pero quizá una parte igual de culpa era achacable a este.

No obstante, seguiría adelante con sus planes originales de quedarse con Murray Oil y casarse con una de las hijas de Earl para facilitar la transición. Lo tenía claro.

—Me casaré el sábado —anunció—. Lo único que

tenemos que hacer es convencer a Kira de que vuelva y se case conmigo.

–Exacto. ¿Cómo? Ni siquiera sabemos dónde está.

–No es necesario saberlo. Sólo debemos motivarla para que regrese.

Con los vaqueros subidos hasta las rodillas, se hallaba de pie en el agua somera de Murray Island y movía los dedos de los pies sobre la arena húmeda mientras el viento le refrescaba las mejillas.

Después del paseo matinal, debía hacer su llamada semanal a Betty, una llamada que le causaba pavor. Cada semana la ponía en contacto con la realidad, justo aquello de lo que quería escapar.

Sin embargo, no podía quedarse en la isla para siempre. Había creído que la soledad le quitaría a Quinn de la cabeza, pero no lo había hecho.

Tres semanas de soledad no habían cambiado nada. Seguía con la misma confusión y desesperación emocionales.

Betty la había puesto al día sobre las incesantes visitas de Quinn al restaurante. Pensar en él buscándola le había causado un torbellino interior y la había bloqueado artísticamente. Lo único que podía pintar era la cara atractiva de él.

Enfiló hacia la casa de la playa de su familia. Al subir los escalones de madera y entrar, encendió el móvil de camino hacia la primera planta, desde donde la vista de la playa era mejor.

Betty contestó a la primera.

–¿Sigues bien allí sola?

–Estoy bien. ¿Cómo se encuentra Rudy?

Había metido a su gato en la jaula y había guardado todos los juguetes que tenía y se lo había llevado a la casa de su amiga.

–Como de costumbre, se ha adueñado del lugar. Duerme en mi cama. Ahora mismo está aquí. Puede oír tu voz por el manos libres. No para de mover la cola de lo excitado que está –hizo una pausa–. Me preocupa que estés ahí sola, Kira.

–Jim anda por aquí. Siempre pasa para ver cómo estoy.

Jim era el cuidador de la isla. Había confiado en él y le había pedido que no le dijera a nadie dónde estaba, ni siquiera a su padre.

–He de decirte una cosa. Algo que no me apetecía nada contarte –comenzó Betty.

–¿Qué?

–Ese novio tuyo, Quinn…

–No es mi novio.

–Pues cada vez que viene por aquí actúa como si lo fuera. Ha estado hablando con el personal, asegurándose de que no sales con nadie. Adujo que no quería cortejar a una mujer que estuviera con otro hombre.

Pensar en Quinn buscándola en el restaurante le endureció los pezones.

Se maldijo para sus adentros y se preguntó si alguna vez lo olvidaría.

–¡Pues hoy se ha presentado justo cuando iba a

abrir y me suelta un discurso de cómo va a tener que romper su promesa y casarse con tu hermana Jaycee! ¡Este sábado! Al principio me pareció una broma, y más después de venir todos los días preguntando por ti con esa expresión perdida, así que le dije que no me lo tragaba. De hecho, le dije que era un mentiroso.

»Respondió que era posible que te prefiriera a ti, pero que tú lo habías obligado a actuar de otro modo. Afirmó que tenía que casarse con una Murray por cuestiones de negocios y eso haría. Todo está preparado. Me dijo que si no le creía, que leyera los periódicos. Y así lo hice. Se van a casar de verdad. También aparece en Internet.

–¿Qué?

–¡Mañana! ¡Sábado! Sé que te dijo que había roto sus planes de boda, pero si lo hizo, los ha recuperado. Es tan desalmado como has dicho. Hiciste bien en irte. Si yo fuera tú, no volvería nunca.

Como jamás le había importado con qué hermana Murray se casaba, al final iba a hacerlo con Jaycee.

Tenía que detenerlo. Regresaría de inmediato y lo frenaría en seco.

Capítulo Cinco

Un letrero ante la iglesia anunciaba que la Boda Murray-Sullivan sería a las siete y media de la tarde.

Eran las cinco y media cuando Kira entró en el aparcamiento prácticamente vacío.

Se dijo que había llegado a tiempo, antes de que se presentara ningún invitado. Tenía el corazón desbocado y transpiraba cuando pisó los frenos y bajó del Toyota.

El trayecto desde la costa no le había llevado más de tres horas, pero la había cansado. Desesperada por localizar a su hermana y detener esa parodia de boda antes de que fuera demasiado tarde, corrió hacia la parte de atrás de la iglesia, donde estaban los vestidores. Dentro, fue de habitación en habitación, abriendo puertas y gritando el nombre de su hermana. De pronto, en el último cuarto, dio con Jaycee, que lucía un vestido azul de algodón con un collar de perlas alrededor del cuello. Sentada ante un espejo dorado, el cabello como una cascada por la espalda, se estaba aplicando lápiz de labios.

–¡Jaycee! –gritó–. Al fin... ¿Por qué no llevas... un vestido de novia?

En ese instante vio el vestido de novia más hermoso del mundo, de seda y adornado con diminutas perlas, apoyado en un sofá, con un par de zapatos blancos de satén en el suelo.

–Oh, pero por eso estás aquí… para vestirte… Claro. ¿Dónde está mamá? ¿Por qué no te está ayudando?

–No se siente bien. Creo que está descansando. Mamá y Quinn me dijeron que esperara aquí.

–¿Dónde están tus damas de honor?

Jaycee apretó los labios y se guardó el carmín en el bolso azul.

–Me preocupaba tanto que no aparecieras –dijo–. De verdad temía que no lo hicieras. A todos nos daba miedo. En especial a Quinn. Estará tan contento de verte. No sé qué habría hecho si no hubieras llegado a tiempo. No sabes lo importante que eres para él.

Claro. Y por eso mismo se casa contigo sin ningún remordimiento.

Se sintió culpable. ¿Cómo encontrar las palabras para explicarle a la confiada de su hermana por qué nunca podía casarse con Quinn? Y más después de recibir la bendición de su padre.

–Hoy no puedes casarte con Quinn –soltó sin rodeos.

–Lo sé. Él me habló de vosotros dos. Cuando papá me pidió que me casara con Quinn, intenté convencerme de que era lo correcto. Para la familia y para todos. Pero… enterarme de que él quería casarse contigo… significó un gran alivio.

–Si sabías todo eso, ¿por qué te has presentado hoy aquí?

–Quinn te explicará… todo –Jaycee desvió la vista hacia la puerta que se abría.

Kira giró para informarle al visitante que se trataba de una conversación privada, pero las palabras murieron en un leve gruñido. Quinn, enfundado en un esmoquin que resaltaba sus hombros anchos y su pelo oscuro, entró con gran dominio de sí mismo en el cuarto.

Sintiéndose arrinconada, Kira se acercó más a Jaycee. Al verla, él se detuvo, sus ojos reflejaron dolor y furia antes de captar el estado de ánimo de ella y ponerse rígido.

–Esperaba que llegaras a tiempo a la boda –dijo.

–¡Maldito seas! –sintió un nudo en la garganta–. ¡Mentiroso! ¿Cómo has podido hacer esto?

–A mí también me alegra verte –murmuró, devorándola con la vista–. Estás preciosa.

Kira, que había conducido desde la isla sin hacer una sola parada, llevaba puestos unos vaqueros viejos y ceñidos y una camiseta que le resaltaba las curvas. No se había molestado en maquillarse ni en cepillarse el pelo enmarañado.

–¿Qué significa todo esto? –demandó.

–No es necesario que te pongas histérica, cariño –indicó con calma.

–¡No tienes derecho a llamarme de esa manera! –chilló–. ¡Y aún ni he empezado a mostrarte lo que es estar histérica! Voy a arrancarte una extremidad por vez. Voy a despellejarte vivo…

–Kira, Quinn ha estado muy preocupado por ti. Nervioso de que no aparecieras a tiempo –comenzó

Jaycee–. Hablando de los nervios que provoca una boda, tendrías que haberlo visto…

–¡Apuesto que sí!

–Veo que hay un malentendido entre nosotros, Kira. Me lo temía. Jacinda, ¿podrías darnos un minuto? –pidió con voz sedosa–. Necesito hablar con Kira a solas.

–Kira, ¿seguro que estás bien? –preguntó Jaycee nerviosa, mirando a su hermana–. No tienes muy buen aspecto.

Esta asintió en silencio en un afán por ahorrarle cualquier bochorno innecesario.

En cuando se quedaron a solas, corrió hacia él como una leona furiosa con la mano levantada, pero él le aferró la muñeca y la usó para acercarla.

–¡Suéltame! –exclamó.

–No mientras te encuentres en un estado tan violento, cariño. Sólo me arañarías o harías algo peor que terminarías por lamentar.

–No lo creo.

–Esta tormenta pasará, ya lo verás. Porque se debe a un malentendido.

–¡No lo creo! Prometiste romper con mi hermana, y yo, tonta que soy, te creí. Luego te acostaste conmigo. ¿Cómo has podido retractarte de una promesa así después de lo que nosotros…?

–No lo he hecho. –dijo con voz serena–. He mantenido mi promesa.

–Mentiroso. Si yo no hubiera aparecido, te habrías casado con mi hermana.

–¡Y un cuerno! Fue un farol. ¿De qué otra manera podía conseguir que volvieras a San Antonio? Me estaba volviendo loco sin saber dónde te encontrabas ni si estabas bien. Si no hubieras aparecido, habría quedado como un tonto, pero no me habría casado con tu hermana.

—Pero los periódicos ponían que te casabas con ella. Aquí. Hoy.

—Sé lo que ponían porque mi gente escribió los comunicados de prensa. Todo eso formaba parte del engaño… para que aparecieras. Ahora tendremos que modificarlo, ¿no? La única hermana Murray con la que planeo casarme hoy eres tú, cariño. Si te ayuda a convencerte, te lo repetiré apoyado sobre una rodilla.

Cuando comenzó a hacerlo, le gritó:

—No te atrevas… o te daré una patada. Esto no es una proposición. Es una farsa.

—Te estoy pidiendo que te cases conmigo, cariño.

Entonces recordó los detalles de la conversación que había escuchado a hurtadillas.

—A ver si lo entiendo —comenzó—. Siempre tuviste la intención de casarte con una Murray.

—Y tu padre sugirió a Jaycee porque pensó que aceptaría con más facilidad.

—Y entonces fui a tu oficina y te pedí que no te casaras con ella. Y después de una cena y sexo, tú decidiste que una hermana era tan buena como la otra. Entonces, ¿por qué no casarte con la hermana fácil? ¿No gira todo en torno a eso?

—¿Fácil? —bufó él—. Ojalá fueras fácil, pero, no, desapareciste durante semanas.

No nos desviemos de lo que nos ocupa. ¿Casarte con una de nosotras para ti es una simple cuestión de negocios y nada más?

–Al principio… quizá fuera verdad…

–Repito… te oí hablar con Habib, quienquiera que sea esa persona, la mañana después de que hiciéramos el amor. Y tu conversación dio a entender que tu relación conmigo, o con cualquier Murray, era sólo una cuestión de negocios. Tu voz era fría, directa y demasiado convincente.

–Habib trabaja para mí. ¿Por qué iba a contarle lo que siento cuando sólo te conocía de un día y aún me sentía desconcertado y tratando de entender la nueva situación?

–Oh, de modo que ahora eres Don Sensible. Pues no te creo y no voy a casarme contigo. Siempre he soñado casarme por amor. Sé que es una emoción que desprecias y eres incapaz de sentir. Toda esta situación es demasiado cínica para poder reflejarla con palabras. Has decidido pisotearnos a mí y a mi familia. No te importa lo que ninguno de nosotros queremos o sentimos.

–Me importa lo que sientes. Me importa mucho. La preocupación por ti me ha vuelto loco estas últimas semanas.

Antes de que Kira tuviera idea de lo que él pensaba hacer, dio una zancada hacia ella y la aplastó contra su cuerpo alto y duro.

Le plantó la boca en los labios con suficiente fuerza como para dejarla sin aliento y que gimiera… y entonces, a medida que ese beso diestro continuaba, Kira sólo quiso tener más de él. Derritiéndose, abrió la boca y el corazón. ¿Cómo podía necesitarlo tanto? Lo había echado mucho de menos durante los días en que habían estado separados.

Experimentó un hormigueo agudo por la espalda. No tardó en sentirse embriagada con el sabor y la pasión de él y le clavó las uñas en la espalda. Quería estar en otra parte, en un sitio más íntimo.

Que la abrazara sólo hacía que la necesidad que tenía de él resultara más agridulce. ¿Cómo podía desear con tanta desesperación a un hombre tan frío?

—No podemos sentir esto, hacer esto —susurró ella con voz torturada a la vez que se aferraba a Quinn.

—¿Quién lo dice?

—Estamos en una iglesia.

La abrazó con más fuerza.

—Cásate conmigo y podremos hacer todo lo que queramos el uno con el otro… esta noche… y para siempre —comentó con voz ronca—. Será un derecho marital sagrado.

Kira había crecido creyendo en la santidad del matrimonio. ¿Cómo considerar siquiera una unión que no sería más que una transacción de negocios para su marido?

Puede que temporalmente la deseara, pero no la amaba y jamás lo haría, tal como él mismo le había dicho. Seguro que alguna otra mujer no tardaría en captar su atención.

A pesar de lo mucho que lo deseaba, no estaba

preparada para conformarse con un matrimonio basado en un juicio pobre, una conexión sexual momentánea, lujuria superficial, venganza y negocios.

Respiró hondo y se apartó de él para que sus palabras encendidas y sus besos no le manipularan la voluntad.

—Escúchame —musitó—. ¿Me estás escuchando?

—Sí, cariño.

—No me casaré contigo. Ni con ningún hombre que urda una trama tan fría y cínica.

—¿Cómo puedes decir que esto es frío cuando los dos ardemos de deseo? —le pasó la yema de un dedo por la mejilla y ella, con un sobresalto, alejó la cabeza.

—Esos trucos baratos no me inducirán a cambiar de idea. Nada que puedas decir o hacer me convencerá.

—Ojalá tuviera tiempo de cortejarte de forma adecuada y hacerte creer lo especial que eres.

Especial. Esa sí era una palabra que le tocaba un punto sensible. Siempre había querido sentirse amada por aquellos que le importaban. La enfureció que pudiera adivinar con tanta facilidad sus sensibilidades y usarlas para manipularla.

—Lo que buscas es venganza y dinero. Si dispusieras de toda la eternidad, no sería suficiente. No te aceptaré, ni tampoco tu trato frío y sin alma. Es definitivo.

—Ya veremos.

Capítulo Seis

–¡Le dijiste a él, al enemigo, que mamá podía estar muriéndose y no nos lo mencionaste a Jaycee o a mí! Y lo hiciste a mi espalda... ¡hace semanas!

Cerró las manos, sentada junto a su padre en la biblioteca del sacerdote. La embargaban la furia y el dolor.

–¿Cómo has podido ser tan desleal? Jamás me he sentido tan traicionada. La realidad es que jamás me has querido... sólo tienes que mantenerme a tu lado porque es lo correcto.

–¡Tonterías! Eres nuestra hija –palideció ante esa dura condena.

Kira bajó la cabeza con gesto de culpabilidad.

–Lo siento.

Quería llorar y gritar, pero no sería capaz de pensar si perdía el control.

–Ya conoces a tu madre y cómo siempre intenta protegeros. Sólo pensaba en ella cuando se lo conté a Quinn.

–Primero le vendes a Jaycee porque, como siempre, ella es tu primera elección.

–Kira...

–Y ahora soy yo.

–No me eches la culpa. ¡Es él quien te quiere!

–Como si eso te exonerara. ¿Por qué a ninguno de mis padres se le ocurrió la idea de proteger a sus hijas de Quinn?

–Es complicado. Aunque tu madre no estuviera enferma, necesitamos a alguien más joven al timón, alguien con una visión más clara del futuro. Quinn no es quien tú crees. Ni quien dice la prensa. Lo conozco desde niño. Esta puede ser una situación positiva para vosotros dos.

–Se ha convertido en un hombre vengativo que nos odia.

–Te equivocas. A ti no te odia. Jamás lograrás que me crea eso. Deberías haber visto cómo se puso cuando desapareciste. Creo que será un buen marido.

–A ti eso no te importa. Yo no te importo. Sólo te importa el futuro de Murray Oil, jubilarte y estar con mamá.

–¿Cómo puedes decir eso? Te quiero y quiero a esta familia tanto como tú. Sí, ahora necesito cuidar de tu madre, pero como acabo de decir… conozco a Quinn. Es bueno, inteligente y sólido. Y es un hombre de negocios brillante que será el mejor presidente posible para Murray Oil durante estos tiempos económicos tumultuosos.

–Es porque eres tan frío y calculador como él.

–Quiero lo mejor para todos nosotros.

–Esto es una transacción para ti… igual que para él. A ninguno os importa con qué hija se case Quinn hoy, mientras el trato se cierre para Murray Oil.

–Sugerí a Jaycee en un principio para evitar la escena que estamos teniendo ahora, pero te repito que Quinn te quiere a ti. Ahora ni siquiera tomará en consideración a tu hermana menor, a pesar de que estaba dispuesto a casarse con ella antes de que te entrometieras.

–Oh, de modo que este fiasco es por mi culpa.

–Algún día me lo agradecerás.

–No me voy a casar con él. No aceptaré ser sacrificada.

–Antes de que tomes una decisión, tu madre quiere hablar contigo –apretó unas teclas en su teléfono y la puerta que había a su espalda se abrió como por arte de magia.

La cabeza rubia y perfectamente arreglada de su madre captaba la luz de la araña. Aferraba el teléfono móvil con manos que parecían garras.

Parecía tan diminuta. Se preguntó por qué no había notado lo delgada y pálida que se había vuelto esa mujer que otrora había sido tan vital.

Se levantó y fue a abrazarla. Sintió las costillas de su madre al apretarla contra su cuerpo. Se estaba marchitando delante de sus propios ojos.

–Por favor –susurró su madre–. No te pido que lo hagas por mí, sino por tu padre. Necesito todas mis fuerzas para combatir esta enfermedad. Él no puede preocuparse por Murray Oil. O por ti o por Jaycee. Yo siempre he sido la fuerte, ya lo sabes. No puedo luchar contra esto si he de preocuparme por él. Y no puedo dejarlo solo. Estaría perdido sin mí.

–Yo… yo…

–Tu padre, los empleados de Murray Oil y yo necesitamos tu ayuda, Kira, para que se cierre el trato con la Unión Europea. Tu matrimonio con él respaldará su liderazgo, tanto aquí como en el extranjero. ¿Alguna vez te he pedido algo?

Claro que sí. Había sido una madre ambiciosa y muy exigente. Se preguntó si alguna vez le importaría a su marido tal como su madre le importaba a su padre. No si el hombre que la obligaba a casarse sólo la valoraba como un premio corporativo. En cuanto Quinn tuviera el control de Murray Oil, ¿cuánto tiempo seguiría siendo importante para él?

Pero no le quedaba alternativa. Por primera vez en la vida, su familia la necesitaba de verdad. Y siempre había querido eso por encima de todas las cosas.

Capítulo Siete

–Estás… absolutamente deslumbrante –alabó su madre, sonando casi tan complacida como cuando alababa a Jaycee–. ¡No frunzas el ceño! ¡Sabes que lo estás!

Como en un trance, Kira observó la visión en el espejo dorado. Se preguntó cómo habían podido los expertos de belleza que Quinn había contratado hacer que pareciera ella misma pero a la vez mucho mejor. Después de una prolongada sesión, ahí estaba, una belleza sexy y resplandeciente en un diáfano vestido de seda que la ceñía de forma demasiado reveladora. El vestido resaltaba a la perfección su silueta esbelta. ¿Cómo había sabido Quinn su talla exacta y lo que le quedaría mejor?

Se dijo que se debía a tantas rubias. Entendía el glamour y a las mujeres, no a ella. El vestido no tenía nada que ver con ella. Lo que quería era que se pareciera a esas otras mujeres.

Pero aunque jamás lo reconocería, en un nivel profundo la complacía que la hubiera sumergido en esa fantasía de Cenicienta.

Unos minutos más tarde, cuando se inició la marcha nupcial, Kira avanzó por el pasillo con sus zapatos de satén blanco y del brazo de su padre. Al oír los jadeos contenidos de los invitados, alzó la vista de la alfombra, pero en ese mar de rostros, sólo la sonrisa orgullosa de Quinn hizo que el corazón le diera un vuelco y que el rubor se le extendiera por las mejillas.

Sintió que el estómago se le contraía cuando sus almas conectaron de ese modo casi sobrenatural que hacía que se sintiera desnuda. Por suerte, su padre se situó entre ellos y consiguió un breve respiro del hechizo hipnotizador de Quinn.

Pero cuando la entregó al novio, su personalidad torpe e insegura renació. De pie junto a él ante el altar, se movió nerviosa mientras intercambiaban anillos y votos. Con una sonrisa, él le tomó la mano. De algún modo, el contacto cálido la tranquilizó y pudo entregarse a él para siempre con voz fuerte y clara.

«No es un matrimonio real», se recordó, a pesar de que esa verdad amarga le desgarraba el corazón.

Pero el hombre alto que tenía al lado, la música, la iglesia y el vestido increíblemente hermoso, combinados con el recuerdo de su propio resplandor ante el espejo, hicieron que dudara de lo que ella sabía que era verdad. Se preguntó si después de todo no sería una romántica simple o una chica corriente que quería casarse con un hombre al que amara.

Después de que el predicador le dijera a Quinn que podía besar a la novia, los brazos de este le rodearon el cuerpo con infinita gentileza. Los ojos se oscurecieron en ese último momento antes de bajar la boca a la de Kira. A pesar de su intención de no reaccionar a esos labios, de no sentir nada cuando la besara, la sangre le bullía en las venas. Le sujetó por los brazos y se inclinó hacia él.

–Será mejor que nos demos este beso, porque como te salgas con la tuya, probablemente pasará un tiempo antes de que pueda convencerte de que dejes que te vuelva a besar –bromeó él con voz ronca.

Ella le rodeó el cuello cálido, le acarició el pelo y le bajó la cabeza. Se dijo que era una tonta, ya que era una sensación gloriosa estar en sus brazos mientras la reclamaba antes mil testigos.

Era un beso ceremonial que no debería significar nada. Ambos estaban llevando a cabo una representación, nada más.

–Cariño –susurró él–. Querida y dulce Kira. Eres increíblemente hermosa. Te deseo tanto. Ningún novio se ha sentido nunca más orgulloso de su novia.

El cumplido hizo que lo mirara y la expresión de ternura que vio satisfizo su deseo secreto de ser especial para alguien. Durante un instante deslumbrante, creyó en el sueño. Si un hombre tan sofisticado como él podía de verdad estar orgulloso de ella y desearla…

No lo hacía, desde luego… Oh, pero si tan sólo pudiera…

Entonces le reclamó la boca. La lengua en los rincones más húmedos de sus labios le encendió la sangre y le produjo jadeos.

Se preguntó cómo un único y ensayado beso podía afectarle tanto.

Él fue el primero en apartarse. Le dedicó una sonrisa lenta y dulce.

–No lo olvides… lo último que quiero es que nuestro matrimonio sea sólo un asunto de negocios –le susurró sobre los labios–. Puedes cambiar de parecer cuando quieras, cariño. Cuando quieras. Nada me complacería más que volver a llevarte a mi cama.

–¡Pues no lo haré! ¡Jamás! –espetó con demasiada vehemencia.

Él rió y la abrazó.

–Lo harás. Debería advertirte de que nada me atrae más que un desafío.

Después de una prolongada sesión fotográfica, los llevaron en limusina hasta el opulento club al que Quinn pertenecía, situado en una zona antigua de San Antonio, donde iba a celebrarse la recepción.

Con unas pocas excepciones, la mayoría de los invitados eran empleados y clientes de Murray Oil. Había pocos y selectos amigos personales y familia, incluidos el tío Jerry de Quinn, que había sido el padrino, y Betty, la amiga de Kira. La lista de invitados también tenía a algunas personas importantes del mundo del arte de Texas, entre ellas Gary Whitehall, el antiguo jefe de ella que la había dejado marchar… por atreverse a tener una opinión propia.

Mientras él bailaba con la hija pequeña de uno de los empleados, Betty se acercó y le susurró al oído:

–Será un padre maravilloso.

–No es un matrimonio real.

–Pues no te habría costado nada engañarme. Mis entrañas se convierten en gelatina cada vez que veo cómo te mira. Es tan atractivo.

–Se ha apoderado de mi vida.

–Bueno, será un placer quitártelo de encima. Es tan apuesto. Y educado. Cada vez que venía al restaurante, se sentaba conmigo y con quienquiera que estuviera atendiendo las mesas, como si fuera uno de los nuestros. Alardeó de mis tartas.

–Apuesto que consiguió porciones gratis.

–Su favorita es la misma que la tuya.

–¿Tu merengue de limón?

–Me pareció tan dulce que recordara invitarme a la boda. Llamó esta tarde después de que llegaras tú.

Betty calló cuando lo vio acercarse y durante más de una hora, soslayando a todos los demás, bailó sólo con Kira. Era un compañero tan fuerte y sólido, que descubrió que disfrutaba de verdad de la recepción y pudo ver que mientras daban vueltas en la pista los seguían miradas de admiración. Las mujeres que habían coqueteado con él lo observaban con intenso interés, en particular Cristina, cuya hermosa boca comenzó a fruncirse en un mohín.

Después de una canción rápida, cuando Kira admitió que tenía sed, Quinn la dejó para ir en busca de champán. Gary se acercó presuroso hasta ella.

–Estás preciosa –sonrió con la misma expresión que dedicaba a los artistas renombrados y a los donantes importantes–. Me siento muy feliz por ti –añadió.

Ella asintió, abochornada de que le gustara tanto que su matrimonio le hubiera ganado ese respeto.

–Si puedo hacer algo por ti, lo que sea, no tienes más que llamarme. Estoy reescribiendo tu carta de recomendación. Y no es que ahora vayas a necesitar buscar trabajo.

–Pretendo volver al trabajo. Me encanta lo que hago.

–Tu marido ha sido muy generoso con el museo. Valoramos su amistad y conocimientos casi tanto como valoraremos los tuyos… como su esposa –soltó con efusión–. Tengo la impresión de que pronto habrá un puesto de conservadora. De ser así, te llamaré.

Le asombró sentirse tan complacida. Quizá… volviera a considerar la posibilidad de trabajar otra vez con él… si le hacía la oferta adecuada. Sin embargo, exigiría disponer de más poder.

En ese momento, Quinn regresó con el champán. Los dos hombres se estrecharon las manos e intercambiaron unas palabras amables. Cuando Quinn dejó claro que prefería la conversación de su esposa a la charla sobre arte, Gary volvió a fundirse entre la multitud. Pero cada vez que sus ojos se encontraban, él no dejaba de sonreírle.

Para un hombre que supuestamente odiaba a su familia, Quinn se mostraba excesivamente atento con su madre, su padre y Jaycee. Charlaba con ellos, se encargaba de que no les faltara nada y se comportaba como si de verdad deseara complacerlos.

Pero como el corazón de Quinn no estaba realmente en su matrimonio, sino en tranquilizar a los clientes y ejecutivos de Murray Oil, se preguntó cuánto tardaría en dejar de fingir. Después de aquello, cada vez que se sentía demasiado hechizada por una de las sonrisas o gestos considerados de él, se recordaba que sería una necia si se dejaba engañar por esa representación. El matrimonio era una transacción. Ella no le importaba. Jamás lo haría.

Demasiado pronto la cena y el baile llegaron a su fin y Quinn y ella se enfundaron ropa de calle y fueron hacia la limusina mientras los invitados los bañaban con arroz.

Esperaba que los llevaran al loft de él, pero el coche los trasladó al jet privado de Quinn, que estaba preparado y los esperaba fuera del hangar del Aeropuerto Internacional de San Antonio.

–¿Adónde vamos?

–De luna de miel –le susurró con la boca casi pegada a su oreja.

El corazón se le desbocó hasta que se recordó que todo era un montaje.

–Seguro que una luna de miel no es necesaria –comentó ella una vez que se hallaron en el jet.

Él le sonrió.

–Un hombre sólo se casa una vez. Relájate y disfruta.

–He de reconocerte que eres minucioso. Aun así, ¿Cómo puedo irme de la ciudad cuando ni siquiera he preparado las maletas para el viaje? Además, tengo un gato… Rudy, que me ha echado de menos.

–Lo sé. Lo de Rudy está solucionado. Jacinda va a cuidar de él en tu apartamento. De modo que estará en territorio conocido. Le compré una lata de atún.

–¿Has ido de compras por Rudy?

–De acuerdo… envié a mi ayudante. Y tu madre me ayudó a comprar cosas para ti y a hacerte las maletas.

–Apuesto que eso le encantó.

–Sí… aunque algunas elecciones clave han sido exclusivamente mías.

–¿Cuáles?

–La lencería y los biquinis.

–¿Lencería? ¡No soy muy aficionada a la lencería! ¡Ni a los biquinis!

–Bien. Entonces, estarás exquisita sin nada puesto. Dormiste de esa manera toda una noche, ¿recuerdas?

–¡No lo menciones! –el rubor le invadió el rostro.

–Con las piernas enroscadas sedosamente a mi alrededor –agregó–. Estabas tan cálida y dulce, que no puedo creer que esta noche pretendas dormir sola.

Las imágenes que despertó en ella, sumadas a la mirada cálida y la sonrisa sexy, le hicieron bullir la sangre.

Cuando las sienes comenzaron a palpitarle, cerró los ojos con fuerza.

–¿Sabía alguien, cualquiera, que hoy iba a casarme contigo antes de enterarme yo?

–Yo no, cariño. Estaba aterrado de que no aparecieras o de que me mandaras al infierno después de proponértelo.

¿Se había sentido así de verdad? ¿Le importaba un poco?

¡No! No podía permitirse hacerse esas preguntas.

O que le importaran las respuestas.

Capítulo Ocho

Una hora más tarde, después de un vuelo a la costa y de un breve pero estimulante trayecto en helicóptero hasta la Isla Galveston, bajaron del cielo negro a la cubierta superior del blanco palacio flotante que él mantenía atracado en el puerto de Galveston. Él la ayudó a bajar al yate cuando los rotores se detuvieron. Unas ráfagas de aire denso y húmedo que olía a mar agitaron su ropa y su cabello.

Prometiéndole un recorrido del megayate al día siguiente, el capitán los condujo por unos escalones blancos y un pasillo forrado de madera hacia el camarote principal de Quinn. Era evidente que el hombre no había recibido la noticia de que no compartirían habitación. Unos tripulantes los seguían con las maletas.

Una vez a solas con Quinn en su camarote palaciego, Kira frunció el ceño al contemplar la montaña de maletas.

—No te preocupes, si de verdad insistes en dormir sola, trasladaré las mías.

Lanzando una mirada nerviosa a la cama grande, sintió que el cuerpo se le encendía.

Encima del cabecero colgaba el cuadro magnífico de una rubia desnuda pintado por un artista al que ella admiraba. La modelo estaba boca arriba sobre unas revueltas sábanas de satén, con la espalda esbelta arqueada revelando unos pechos generosos. Unos ojos cautivadores, de pestañas largas impulsaban al observador a no apartar la vista. Sin duda una criatura tan lujuriosa jamás echaría a su marido en la noche de bodas.

–Última oportunidad para cambiar de parecer –instó él.

Sintiéndose extrañamente tímida, Kira cruzó los brazos y movió la cabeza.

–¿Dónde dormirías?

–En la puerta de al lado –sus ojos proyectaban una intensidad hipnotizadora–. ¿Te gustaría ver mi dormitorio?

–Aquí estaré bien –retorció la manos–. Entonces, si eso está arreglado, supongo que nos veremos por la mañana.

–Bien –él titubeó–. Si necesitas algo, lo único que tienes que hacer es tocar este timbre en la mesilla de noche y alguien del personal te responderá. Si me quieres a mí, dejaré mi puerta sin cerrar. O si prefieres que venga a ti, podrías llamarme por ese teléfono.

–Gracias.

Quinn dio media vuelta, abrió la puerta, sacó las maletas al pasillo y salió. Cuando la puerta se cerró a su espalda, una emoción pesada, demasiado parecida a la decepción, se apoderó de ella.

Decidió que lo mejor que podía hacer era darse una ducha y meterse en la cama. Mientras buscaba en las maletas, encontró todo tipo de ropa preciosa que ella jamás habría elegido. Sin embargo, al tocar los materiales suaves, no pudo contener una sonrisa. Su madre siempre la había querido vestir con prendas hermosas, pero siendo una rebelde, Kira había preferido vaqueros y camisetas.

Pero supuso que en ese momento, por el tiempo que durara su matrimonio con un multimillonario con jet privado y yate propio, se movería en círculos diferentes y tendría que asistir a fiestas y a galas benéficas. Quizá necesitara actualizar su guardarropa.

Por lo general, dormía con camisetas, pero en la maleta lo único que encontró fueron camisones tenues de satén y batas escuetas, de esas que se ceñirían tanto al cuerpo que lamentaba no ponérselas para Quinn.

Vete a la cama y deja de pensar en lo que pudo haber sido. Él ya te ha estropeado bastante el día y la noche.

Pero, ¿cómo no pensar en Quinn al desnudarse y meterse en la ducha? ¿Qué estaría haciendo en el cuarto de al lado? ¿Tendría también su cuerpo alto y bronceado desnudo? El corazón le latió demasiado deprisa.

Permaneció bajo el chorro de agua hasta que sintió los dedos demasiado embotados como para poder sostener el jabón resbaladizo. Cuando se le cayó, el hechizo se quebró.

Se secó, se puso un camisón negro y se metió en la cama con una revista. Incapaz de hacer otra cosa que pasar páginas sin mirarlas, ya que sólo era capaz de pensar en Quinn. Terminó por quedarse dormida.

Pero no soñó con Quinn, sino con que era una niña pequeña en su dormitorio pintado de rosa. Todos sus libros estaban perfectamente ordenados, tal como le gustaban a su madre. En alguna parte de la casa se oían risas y palabras de cariño con voz queda. Entonces la puerta se abrió y entraron sus padres. Sólo que no la tomaron en brazos como solían hacer. Su madre arropaba un pequeño fardo contra el corazón y su padre observaba lo que su madre sostenía como si fuera lo más preciado del mundo.

Quería que a ella la miraran de la misma manera.

–Kira, te hemos traído a tu hermanita pequeña, Jaycee, de visita.

¿Una hermanita?

–¿De dónde viene?

–Del hospital.

–¿De ahí me habéis traído a mí también?

Su madre palideció. Su padre pareció tan incómodo como aquella, pero asintió.

¿Qué estaba pasando?

–¿A mí también me queréis? –susurró.

–Sí, por supuesto –repuso su padre–. Ahora tú eres nuestra niña grande, de modo que tu tarea será ayudarnos a cuidar de Jaycee. Ella es nuestro bebé especial.

De pronto, el bulto que había en brazos de su madre comenzó a gritar de forma frenética.

–¿Qué puedo hacer? –había dicho Kira al correr

hacia ellos–. ¿Cómo puedo ayudar? ¡Decidme qué hacer!

Pero ellos le había dado la espalda.

–Dedícate a jugar –sugirió su padre distraído.

Salió de su habitación y bajó las escaleras hasta la puerta de entrada, esperando en todo momento que sus voces preocupadas la llamaran de vuelta como solían hacer. No debía estar abajo por la noche.

Pero en esa ocasión no la llamaron. A cambio, sus padres llevaron al bebé nuevo a un dormitorio en el pasillo y se quedaron con él.

Tenían un bebé nuevo. Ya no la necesitaban.

Abrió la puerta de entrada. No notaron cuando salió al exterior. ¿Por qué iban a hacerlo? Tenían a Jaycee, que era especial. Ella ya no les importaba más. Quizá nunca les había importado.

De pronto, todo se tornó negro y frío y comenzó a soplar un viento cortante, arrastrando lo que era familiar. La casa se desvaneció y se quedó sola en un desconocido bosque oscuro, sin nadie que oyera sus gritos. Aterrorizada, se adentró más en la floresta.

Si su familia ya no la quería, si nadie la quería, no sabía qué debería hacer.

Histérica, comenzó a sollozar sus nombres:

–¡Madre! ¡Papá! ¡Alguien! Por favor… queredme. Yo también quiero ser especial…

Quinn abrió la puerta y entró en su camarote.

–¡Kira! –encendió una luz y la vio parpadear contra el fulgor cegador con párpados pesados–. ¿Estás bien? –demandó–. ¡Despierta!

–¿Quinn? –centrándose en sus hombros anchos, parpadeó con el fin de desterrar los últimos vestigios de ese bosque aterrador. Estaba sin camisa y se lo veía tan apuesto en la semipenumbra que la dejó sin aliento.

Su marido. Qué tonta había sido en echarlo cuando eso era lo último que deseaba.

En el momento en que él se sentó en la cama, se arrojó contra ese torso enorme y desnudo.

Acurrucándola contra el cuerpo musculoso, Quinn la meció y le habló con voz suave para apaciguarla.

–Vamos… vamos…

–Volvía a ser una niña. Pero huí y me perdí. En un bosque.

Le palmeó la cabeza.

–Sólo era un sueño.

Lo miró. Después de su sueño, estaba demasiado abierta a la necesidad que tenía de él. Notó que la aferraba con más fuerza y que contenía el aliento. Si tan sólo Quinn la amara… quizá la importancia de sus temores infantiles se desvanecería.

–Cariño, sólo ha sido un sueño. Estás bien.

Estando en sus brazos, poco a poco el horror de sentirse perdida y sola disminuyó y la realidad regresó.

Se suponía que esa era su noche nupcial, pero lo había echado.

Sin embargo, era ella quien se sentía sola y rechazada.

Le gustaba que la acunara en sus brazos fuertes y

contra su cuerpo viril. Le gustaba demasiado. Fue consciente del peligro de dejar que se quedara en el dormitorio.

–¿Quieres que me vaya? –susurró él con voz ronca.

No. Quería aferrarse a él... que la adorara... Otro sueño imposible.

Al verla titubear, Quinn dijo:

–Si no me echas, tomaré esto como una invitación.

–No lo es –murmuró al final, pero con voz ronca. Su corazón no estaba en sus palabras.

–¿Cómo es que no suenas tan segura? –le acarició la mejilla.

¿Era imaginación suya pensar que él estaba tan solo como ella?

Pero aunque sentía que se suavizaba con su proximidad y contacto afectuoso, se obligó a recordar todos los motivos por los que sería una tonta en confiar en él. Cerró los ojos con fuerza y respiró hondo.

–Gracias por venir, ¡pero vete! Por favor... solo vete.

La miró a los ojos y el tiempo pareció estirarse durante un momento interminable antes de que la soltara.

Sin decir una palabra, se levantó y se fue.

Pero saber que lo tenía tan cerca hizo que no consiguiera quedarse dormida hasta el amanecer. Y luego, pasada apenas una hora, oyó voces altas en el pasillo que la sobresaltaron y la despertaron de mal-humor. Mientras enterraba la cabeza en la almohada, su primer pensamiento fue de Quinn. Se dijo que seguro que él había dormido como un bebé.

Cuando el sol se elevó en el cielo y los tripulantes comenzaron a gritar consignas en la cubierta, se esforzó por captar la voz de él, pero sin éxito.

Sentándose, se cubrió hasta el cuello. Era imposible que él estuviera durmiendo. ¿O no?

Un pensamiento sombrío comenzó a cobrar forma en su cabeza. La noche anterior se había ido con suma facilidad cuando ella había anhelado que se quedara. ¿Había cumplido ya el objetivo que Quinn se había trazado casándose con él? ¿No la quería ni necesitaba para nada más?

Con la fuerte necesidad de un café cargado, se puso unos shorts ceñidos y blancos y un top beis. En el exterior el cielo era azul y el sol brillaba. Por lo general, cuando no estaba exhausta por la falta de sueño, le encantaban el agua, los barcos y las playas. Si Quinn hubiera estado enamorado de ella, una luna de miel en su yate lujoso habría sido de un gran romanticismo. A cambio, se sentía rara y sola y demasiado tímida.

Ansiosa por encontrarlo, sacó un jersey blanco y abandonó el camarote. Cuando no respondió a su llamada, abrió un poco la puerta de su camarote. Un vistazo a la cama impecable y a las maletas sin abrir le reveló que había pasado la noche en otra parte. Giró en redondo y subió a la cubierta.

El golfo se extendía en un resplandor interminable de color zafiro hacia un horizonte trémulo. Aunque no le prestó mucha atención a esa vista deslumbrante. Centrada en localizar a Quinn, se encontró demasiado ocupada abriendo cada puerta de las cubiertas. Demasiado orgullosa como para pedir la ayuda de los numerosos tripulantes que se veía, evitaba mirarlos para no darles pie a que se ofrecieran a ayudarla.

El yate era más grande de lo que había creído. Hasta el momento había visto seis camarotes de lujo, una sala de cine, múltiples cubiertas, un helipuerto y un salón enorme.

Justo cuando estaba a punto de rendirse en la búsqueda, abrió la puerta que daba a la cubierta más alta y lo vio apoyado sobre un escritorio atestado en lo que debía ser su despacho. Al ir a su lado, vio que por doquier había numerosos documentos, incluso en el suelo. También vio varias tazas de café, muchas de ellas sin terminar. Era evidente que había trabajado durante toda la noche sostenido por una elevada dosis de cafeína.

Al ver esa atractiva cara extenuada, sintió un nudo en el corazón. Se reprendió por proyectarle su simpatía. ¿Acaso no la había obligado a meterse en ese matrimonio carente de amor?

Una vez que lo había localizado, se dijo que debería irse a disfrutar de un merecido desayuno. Pero impulsada por emociones encontradas que se negó a analizar, se sentó frente al sillón de él. Subió las rodillas, las abrazó y se sintió satisfecha al ver que dormía otra hora bajo su benevolente vigilia. Luego, sin advertencia previa, los ojos hermosos se abrieron de golpe y la atravesaron con fuego.

–¿Qué diablos haces aquí? –demandó.

–Veo que tienes el despertar de un oso hosco –se burló ella sin dar muestras de que había estado a punto de incorporarse de un salto.

Él logró esbozar una sonrisa y se pasó una mano por el pelo revuelto.

–Si no recuerdo mal, tú estabas de malhumor la mañana después de acostarte conmigo en San Antonio.

–Por favor, no me recuerdes esa noche desastrosa.

–Es uno de mis recuerdos más preciados –musitó Quinn.

–¡He dicho que no la mencionaras!

–Me encanta cuando te ruborizas de esa manera. Se te ve tan bonita. Deberías haberme despertado nada más entrar.

–¿Cómo iba a ser tan cruel después de que tú vinieras a mi rescate en plena noche? Si no has podido dormir, es por mi culpa.

Él sonrió y Kira no pudo contenerse de devolverle el gesto.

–Podría traerte una taza de café. La verdad es que a mi también me vendría bien una.

Él se sentó recto y se estiró.

–Siento el desorden que reina aquí, pero como aún no he terminado, no quiero que nadie lo ordene.

Ella asintió.

—Pensé que habría algún motivo parecido.

—Entonces, ¿qué te parece si desayunamos en la cubierta? Tengo una tripulación dispuesta a satisfacernos en el más mínimo detalle. Está bien entrenada en todos los campos, desde la cocina hasta una emergencia en alta mar.

Una vez más Kira deseó que fuera una luna de miel real, que él la amara y no sólo la deseara, que a ella se le permitiera devolverle ese amor. Si no hubiera exigido dormitorios separados, estaría tendida en sus brazos feliz ante la idea de volver a hacer el amor con él esa mañana.

No dejó que sus pensamientos siguieran por ahí. Se dijo que era hora de crecer y de pensar qué rumbo iba a seguir su vida.

Capítulo Nueve

El desayuno en cubierta con su mujer de piernas largas enfundadas en unos shorts cortos estaba resultando una tortura insoportable. Kira se movía nerviosa cuando posaba su mirada en los labios o en los pechos de ella o cuando le recorría esas piernas kilométricas.

Si tan solo pudiera olvidar cómo se había aferrado a él la noche anterior.

–Me gustaría que no me miraras de esa manera –dijo ella mientras se lamía chocolate de un dedo–. Me hace sentir incómoda mientras desayuno y me mancho toda.

–Lo siento –musitó él.

Intentó apartar la vista, pero descubrió que no podía. El modo en que se lamía el chocolate de los cruasanes de los dedos le hacía recordar esa boca y esa lengua lamiendo su cuerpo la noche que pasaron en el loft.

A pesar de que se hallaba sentado a la sombra y soplaba la brisa, la piel se le encendió.

Si quería sobrevivir a la mañana sin arrojarse sobre ella como un adolescente desaforado y quedar en ridículo, debía regresar cuanto antes a su despacho y al acuerdo con la Unión Europea.

Pero sabía que tampoco podría concentrarse en dicho acuerdo con su esposa prohibida a bordo.

Se preguntó por qué desde el momento en que le había dicho que no habría sexo no hacía otra cosa que pensar en llevársela a la cama.

El silencio se tornó incómodo. Centrándose en los huevos y el beicon, luchó por quitársela de la cabeza.

—Será mejor que vuelva a trabajar –dijo al terminar de comer.

—De acuerdo. Y no te preocupes por mí. Sabré divertirme, ya que me encanta el agua. Y como sabes, pasé las últimas semanas en Murray Island. No sé dónde estamos, pero probablemente no muy lejos de ella.

Ceñudo, miró hacia el horizonte. No quería recordar lo mucho que lo había preocupado su estancia en la isla de la familia.

Se preguntó cómo se había apegado a ella tan deprisa. ¡Si sólo habían pasado una noche juntos!

Se puso de pie con brusquedad, le ofreció una despedida seca y se marchó.

Fue al gimnasio y a una ducha fría mientras ella se dirigía a su camarote.

Nada de eso lo ayudó. Y en cuanto regresó a su despacho en la cubierta superior, se encontró a su esposa tomando el sol casi desnuda.

Estaba echada sobre una toalla roja en una de las tumbonas, con un biquini blanco diminuto y cuya parte inferior era un tanga que había elegido para ella mientras se hallaba bajo las garras de una estrafalaria fantasía masculina.

La había imaginado así. Pero jamás le habría comprado esos tres triángulos diminutos de haber sabido la tortura que le causarían.

Con los puños cerrados, se dijo que debía cerrar las persianas y olvidarse de ella. Pero lo que hizo, hipnotizado, fue observarla con ojos hambrientos desde un ojo de buey.

Ella hojeaba con indiferencia una revista y continuó leyéndola con enloquecedora intensidad. Ni una sola vez miró en su dirección.

¿No estaba pasando las páginas con demasiada rapidez? ¿De verdad leía la revista? ¿O se hallaba tan distraída como él? ¿Percibía que la observaba y disfrutaba de un placer perverso en el poder que tenía sobre él?

Una vez más se recomendó olvidarla, pero al ir a su escritorio, permaneció sentado media hora incapaz de concentrarse. Tenía la imagen de ella grabada a fuego en el cerebro. Hacía que su entrepierna estuviera dura y palpitante. Esa mujer era como una sirena.

Sin saber muy bien lo que hacía, salió de su despacho y terminó por encontrarse de pie junto a ella. No es que Kira se molestara en apartar la mirada de la condenada revista, a pesar de que su presencia allí proyectaba una sombra sobre las páginas.

Se sentía como un idiota.

–Te vas a quemar –gruñó con irritación.

–¿Lo crees? Me he puesto crema y llevo el gorro. Pero quizá tengas razón. Necesito darme la vuelta un rato –se bajó las gafas de sol hasta la punta de la nariz y lo miró por encima de ellas con expresión descarada y brillante.

¿Es que coqueteaba con él?

–Ya que estás aquí –añadió Kira–, ¿te importaría ser un buen chico y darme crema por la espalda?

Él se puso en cuclillas, su excitación era tan grande ante la idea de tocarla que no le importó que la petición de pasarle crema por la espalda fuera ilógica. ¿Acaso no le había prohibido tocarla? ¿Y no acababa de decir que pensaba ponerse boca arriba?

No le importaba.

La crema estaba caliente por el sol y su piel sedosa lo estaba aún más mientras se la pasaba.

Un gemido de puro placer escapó de los labios de ella mientras las manos de Quinn realizaban movimientos circulares en el centro de su espalda. Él experimentó una conexión visceral con ella en lo más hondo de la ingle.

–Tus manos son fuertes. La crema tiene un olor delicioso, y también un tacto agradable –se estiró como una gata mientras Quinn se la aplicaba.

–Gracias –gruñó él.

Ella se dio la vuelta hasta quedar boca arriba sobre la toalla. Con una mirada de despedida, alzó la revista para excluirlo.

–Ya puedes irte –susurró.

Sintiéndose terco y temperamental, él no se movió. Sólo al ver su plataforma petrolífera aparecer en la distancia a estribor, se puso de pie y le pidió a la tripulación que preparara los equipos de inmersión: aletas, trajes de neopreno y máscaras.

Luego, cuando ambos se hallaban sobre la plataforma de madera de teca en la popa de la nave enfundados en los trajes, ella notó que nadie había echado un ancla.

–¿Y si el yate se aleja a la deriva mientras estamos en el agua?

–No sucederá –respondió–. *Pegaso* va equipado con un sofisticado sistema de posicionamiento dinámico de navegación. En un día tan tranquilo como este, permanecerá exactamente donde lo situemos. Créeme, es mucho mejor que un ancla, ya que este permitiría que oscilara adelante y atrás.

–Planificas tanto las cosas que piensas en todo. ¿Tu planificación y fortuna te permiten tener todo lo que quieres?

–No todo –murmuró mientras observaba con voracidad el esbelto cuerpo de Kira.

¿No sabía ella que lo había cambiado todo?

Durante años lo había motivado vengarse de su padre, pero la enfermedad de Vera había vuelto hueca la victoria.

Pero sin esperárselo, el nuevo impulso en su vida era conquistar a Kira. Lo había sabido nada más verla en su despacho.

El problema era que empezaba a desear más que lo que alguna vez se había permitido soñar tener. Quería una vida con ella, un futuro, todo lo que se había dicho que no podía correr el riesgo de tener.

***

97

Después de vestirse, se reunieron en la cubierta superior, donde antes habían desayunado. Quinn lucía unos vaqueros y una camisa hawaiana de color azul que hacía que sus ojos parecieran tan brillantes como el cielo deslumbrante.

Se habían divertido haciendo esnórquel, y sólo al final, al ver una aleta de tiburón en la distancia, Kira había sentido pánico mientras nadaban de regreso al barco, donde la tripulación los subió a la plataforma con celeridad. Sin darse cuenta, había manifestado con palabras de ternura que él hubiera llegado sin percance alguno al yate, ya que iba retrasado.

Quinn pidió que les llevaran piña, mangos y café. Ella seguía tan contenta de que no le hubiera pasado nada, que le era imposible quitarle la vista de encima.

–Tengo una idea –comentó–. Siempre y cuando estemos buscando una aventura menos estimulante.

–¿Qué?

–Podría mostrarte Murray Island.

–¿Dónde se encuentra?

–Al sur de Galveston. Como no sé dónde estamos ahora, no puedo decirte cómo llegar hasta allí. Pero figura en todos los mapas.

Alzó el auricular de un teléfono y habló con el capitán. Al colgar, dijo:

–Al parecer, nos encontramos a cuarenta millas náuticas de tu isla. El capitán dice que podríamos toparnos con clima agitado, pero si quieres ir, iremos.

–¿Qué son una o dos gotas de lluvia comparado con ser devorados por Tiburón?

–Me encanta tu imaginación vívida.

En poco más de una hora, *Pegaso* estuvo situado frente a la costa de Murray Island. Kira y Quinn bajaron juntos a la lancha. Después de arrancar el motor, él los condujo hacia el diminuto puerto a sotavento de la isla.

Kira sabía que no debía buscar tanto su atención, pero desde el susto con el tiburón, la emociones se negaban a comportarse de forma sensata.

Tengo este momento con él. Es nuestra luna de miel. ¿Por qué no disfrutarla? ¿Por qué no disfrutar de esta isla santuario que adoro con él?

Capítulo Diez

Quinn observaba a Kira pasear por la playa con demasiada avidez para su gusto. Odiaba sentirse tan poderosamente atraído por ella. Resultaba incomprensible. Era la hija de Earl, una mujer a la que apenas conocía, una esposa que ni siquiera compartía su cama.

La ternura que seguía sintiendo por ella lo situaba en terreno peligroso.

Y allí en la playa de la isla se la veía tan hermosa y viva, y suya... si sólo pudiera conquistarla.

El viento del sudeste, más fresco en ese momento debido a las nubes oscuras, agitaba el oleaje y le apartaba del rostro el cabello castaño mientras corría por el borde del agua. Agachándose, no paraba de examinar los restos: marañas de algas, madera a la deriva y caracolas marinas.

Durante veinte años, su determinación de triunfar y de vengarse había hecho que considerara el tiempo demasiado valioso como para perderlo con una mujer en la playa.

Pero eso había sido antes de Kira.

Mientras dio ese paseo por la arena con ella, Quinn sintió el resplandor de la calidez que había iluminado su vida antes de la muerte de su padre.

Comprendió que su este querría que dejara de sentir dolor. Querría que eligiera la vida, el futuro.

Kira no se daba cuenta de que era hermosa, o de que su falta de falsedad y artificio la hacían más atractiva. Cada movimiento suyo era grácil y natural. En la playa, parecía una hermosa criatura salvaje disfrutando de su libertad.

Esa isla era su refugio. Durante el tiempo que permanecieran juntos, tendría que aceptar su mundo si quería que hubiera reciprocidad por su parte. Seguro que de vez en cuando necesitaría ir allí.

Ya se encargaría de que su equipo de seguridad trazara un modo de mantenerla a salvo sin entrometerse en su intimidad. Era un espíritu libre y Quinn quería que fuera feliz, tal como lo era en ese momento, pero también que se hallara segura y a salvo.

El cielo se oscurecía con rapidez, pero a Kira no le preocupaba la inminente tormenta. Al girar, sus miradas se encontraron y al ver esa sonrisa maravillosa, el corazón de Quinn rebosó de emoción.

Entonces, ella corrió hacia él para mostrarle el tesoro que acababa de encontrar. Los ojos le brillaban y la ventana diminuta que se abría a su alma se amplió aún más.

–¡Mira! –exclamó.

–Es enorme –dijo él, girando la caracola con forma de cono para admirarla bien.

–Por lo menos tiene unos treinta centímetros. Nunca había visto una tan grande. Y está en perfectas condiciones.

–¿Coleccionas caracolas? –preguntó él.

–En realidad, no; pero me gustaría regalarte esta. Así podrás recordar Murray Island.

«Y a ti», pensó Quinn.

–Como si pudiera olvidarla –comentó–. La cuidaré.

–Estoy segura –trató de emitir una risa sin conseguirlo–. Una nueva gema para tu colección de arte.

–Ya es mi favorita.

El viento comenzó a soplar con fuerza y la arena les azotó las piernas.

–Deberíamos refugiarnos –indicó Quinn–. Viene una tormenta. Y me parece que ya ¡Creo que deberíamos correr hacia la casa!

–¡A ver quién llega primero!

Riendo entre dientes, ella emprendió la carrera, y como a él le gustaba mirar ese bonito trasero mientras corría, se contuvo y la dejó ganar.

Un porche frontal protegido daba al golfo de aguas en ese momento encrespadas. Tenía dos dormitorios, un cuarto de baño y una cocina. El dormitorio que miraba hacia el sur exhibía un ventanal que abarcaba una pared entera.

–Este es mi cuarto favorito –dijo ella.

Como a Quinn le resultaba demasiado fácil imaginar su cuerpo largo y ágil en ese colchón debajo de él, se concentró en la lluvia que caía sobre la arena.

–¿Te apetece un poco de té mientras esperamos que la tormenta amaine? –preguntó ella.

–Claro.

Entonces, ella desapareció en la cocina, dejándolo para que explorara la habitación. Una ráfaga violenta golpeó contra la casa cuando la tormenta alcanzaba toda su potencia. En alguna parte, una mosquitera chocó con fuerza contra la estructura. Y entonces unos papeles se agitaron bajo la cama. Curioso, se arrodilló y los sacó.

Para su sorpresa, descubrió docenas de acuarelas, todas de sí mismo, rotas en dos. Intentaba volver a meter la colección debajo de la cama cuando oyó unas pisadas ligeras en la puerta.

–Oh, Dios mío –exclamó Kira–. Las había olvidado. No pienses… Quiero decir… ¡No significan nada!

–Claro –pintaste un cuadro tras otro de mí con trazos intensos y vívidos y luego los rompiste todos. Sin motivo alguno–. Es evidente que no estabas demasiado contenta conmigo –musitó.

–La verdad es que no quiero hablar de ello.

–¿Has pintado algo más… aparte de a mí?

–Algunos pájaros.

–¿Cuántos?

–No muchos. En realidad, uno –giró, incómoda.

Era obvio que se sentía tan incómoda con sus sentimientos por él como lo estaba Quinn con la obsesión que la motivaba.

–¿Por qué no nos tomamos el té y volvemos al yate? –inquirió él con brusquedad.

–Por mí perfecto.

–No debí haber sacado esos dibujos –dijo Quinn.

–Hemos dicho que los olvidaríamos.

–Cierto. Lo dijimos –quizá mientras él se había obsesionado con su ausencia, ella también había experimentado algo de obsesión. Respiró hondo.

Permanecieron sentados en el porche bebiendo té mientras la furia gris de la tormenta azotaba la isla.

–Parece que estamos varados aquí –dijo él, temiendo la proximidad que eso representaba.

Ella asintió con expresión igual de sombría.

–Lamento haber sugerido que viniéramos.

El viento casi huracanado continuaba al llegar la noche, de modo que para la cena ella calentó una lata de alubias y abrió otras de melocotones y tomates. También hizo aparecer una botella de whisky.

Quinn se sirvió una copa. Luego otra. Al beberse la segunda, Kira empezó a resplandecer. Su sonrisa y sus ojos parecían tan frescos y centelleantes, que percibió el peligro de seguir bebiendo y sugirió que se fueran a acostar.

–En dormitorios separados, desde luego –añadió–, ya que es lo que tú quieres.

Asintiendo, ella se puso de pie y lo condujo al dormitorio para invitados. Una vez solo, Quinn se quitó la camisa y se echó en la cama. Kira no abandonaba sus pensamientos.

Recordó sus pechos en la escueta camiseta que había llevado ese día y el precioso trasero y las piernas blancas enfundados en los shorts blancos mientras corrían por la arena de regreso a la casa.

Al recordar todas las cosas que le había hecho en

su loft de San Antonio, comenzó a fantasear con que estaba con él en la cama. Eso lo encendió aún más.

De haber estado en el yate, habría podido esconderse en el trabajo. Pero en la casa no había nada en qué pensar salvo en ella acostada en la cama de la habitación de al lado.

Se hallaba en un dormitorio extraño y a oscuras con el cuerpo palpitante porque quería hacerle el amor a su prohibida esposa.

Lo estaba volviendo loco. Con un gemido de frustración, se levantó de la cama y fue por el pasillo con la esperanza de que el viento frío y húmedo que se colaba por debajo de las puertas y mosquiteras enfriara su cuerpo febril y le devolviera la cordura.

–¡Quinn!

La exclamación baja y sobresaltada de Kira puso en estado de alerta sus nervios cargados de testosterona.

Giró y la vio en el mismo instante en que centelleaba un relámpago. Se encontraba apoyada en un poste a unos tres metros de distancia. La luz súbita le impidió vislumbrarla bien en la oscuridad. Pero imaginando el resto de ella, la sangre le hirvió un poco más.

–Será mejor que vuelvas a tu habitación –casi graznó él.

–¿Para qué, si no podría dormir ni aunque lo quisiera? Las tormentas como esta son excitantes, ¿no crees?

–Haz lo que digo y ve.

–Esta es mi casa. ¿Por qué debería hacer lo que dices tú si prefiero ver la tormenta… y a ti? –musitó casi sin aliento.

–Porque si tu plan es mantenerme en un dormitorio separado, es lo más inteligente.

–Estás habituado a dar órdenes, ¿verdad? Bueno, pues yo no estoy acostumbrada a recibirlas. Como soy tu esposa, quizá ya es hora de que te lo enseñe. Podría enseñarte mucho…

En ese momento retumbó el trueno.

–Vete –murmuró Quinn.

–Puede que lo haga –pero la risa ronca lo desafió–. Puede que no.

Entonces, giró y abrió una mosquitera que había detrás de ella y corrió a la playa. Al hacerlo, un destello de fuego blanco aulló desde el cielo negro hacia la arena.

Él pensó que iba a terminar asada si no la traía de vuelta.

–¡Kira! –gritó.

Al ver que no se detenía, fue tras ella. A los pocos segundos la lluvia torrencial lo empapó.

No llegó a recorrer más de seis metros antes de que la alcanzara, la sujetara por la cintura y la pegara a él. Estaba jadeante, el cabello largo pegado al rostro, la camiseta adherida a sus pezones duros.

Quinn cerró los ojos y se ordenó pensar en otra cosa que en esos pechos. Pero a medida que la lluvia fría los azotaba, la calidez y la belleza suaves de ella, la dulzura de su fragancia, lo atrajeron. Abrió los ojos y la miró. Despacio, Kira lo rodeó con los brazos y lo miró como lo había hecho en sueños.

–¿Has visto alguna vez algo tan salvaje? –preguntó riendo–. ¿No te encanta?

Mientras las aguas torrenciales los bañaban, la alzó en vilo. Luego la bajó muy despacio y dejó que los pechos, el vientre y los muslos se deslizaran contra su cuerpo, que se endureció en reacción al contacto.

Si tan sólo ella dejara de mirarlo con tanto fuego en los ojos... Hacía que anhelara otra clase de vida... Una de luz, calidez y amor.

–Bésame –susurró Kira, pegándose contra los muslos duros como rocas y sonriendo con lascivia al sentir la erección impresionante.

De modo que también ella lo deseaba.

La besó con tanta intensidad que la hizo jadear y le introdujo la lengua en la boca. Sabía que debería llevarla dentro, pero tenía un sabor tan grato que le era imposible soltarla, aunque en ello le fuera la vida.

Estaba seguro de que lamentaría ese momento. Pero más adelante. No en ese instante, cuando ella olía a lluvia. Cuando el oleaje embravecido rugía alrededor de ellos. No cuando su sangre rugía todavía más.

Esa noche necesitaba tenerla.

Capítulo Once

Cuando la desnudó y la tumbó sobre la cama, ella cerró los ojos. Estaba demasiado hermosa para emplear palabras.

—Me encontraba en la cama anhelándote –admitió ella.

—Lo imagino. Por una vez estamos en la misma frecuencia.

—No deseo desearte…

—Sé exactamente lo que sientes.

Menos mal que se le había ocurrido guardar algunos preservativos en la cartera antes de abandonar el yate… por las dudas. Pensar en ellos hizo que recordara la primera vez.

Podría estar embarazada.

Una parte de él lo deseaba… Su hijo. Lo llamarían Kade y Quinn llegaría a casa, pronunciaría ese nombre y el niño iría corriendo.

Un sueño descabellado.

Se quitó los vaqueros y los calzoncillos mojados, sacó los preservativos de la cartera y los dejó sobre la mesilla de noche. Con el dedo pulgar le acarició la mejilla. Cuando los ojos de Kira brillaron expectantes, le besó cada párpado y luego la boca sonriente.

—El corazón te late más deprisa que el de un conejo. De modo que me deseabas… cariño. Alimenta mi ego magullado… reconócelo.

Ella no pudo contener una risa.

–De acuerdo… siento hormigueos en tantas partes, que me siento lo bastante débil como para desmayarme.

Le acarició los pechos, la cintura, los rizos sedosos donde se unían los muslos. Posó los labios en todos esos lugares secretos de forma reverencial.

–Mejor –sonrió–. Te dije que cambiarías de idea acerca del sexo –le recorrió la mandíbula con los labios. Con cada beso que le daba, Kira reclamaba otra parte de su corazón.

–Lo hiciste. ¿Siempre tienes razón? ¿Fue así como te hiciste tan rico?

Le besó el lóbulo de una oreja y la sintió temblar.

–La concentración es la clave en tantas empresas. Sólo hizo falta un día, y ni siquiera intenté seducirte, ¿verdad?

–¡Deja de cacarear como un gallo que ha conquistado un gallinero! Veo que has traído abundante protección… lo que significa que tenías la intención de que esto aconteciera.

–Al menos lo esperaba. Por lo general soy optimista acerca de alcanzar mis objetivos –le pasó la punta de la lengua por la clavícula.

Cuando volvió a lamerle el lóbulo de la oreja, ella tembló.

–Hazlo –suplicó.

–¿Por qué siempre tienes tanta prisa, dulce Kira? Con la salvedad de que apretó las manos y los labios, se quedó quieta, como si buscara alargar la paciencia.

–Después de todo –continuó él–, y a todos los efectos prácticos, esta es nuestra noche nupcial.

El ceño que apareció en la cara de Kira hizo que se preguntara por qué diablos le había recordado un matrimonio al que la había forzado.

Antes de que pudiera protestar, le besó los labios. Al rato la respiración de Kira fue profunda y entrecortada y no pasó mucho hasta que la tuvo temblorosa debajo de él.

Las manos de ella comenzaron a acariciarle el torso y fueron bajando hasta que los dedos finalmente se cerraron con firmeza en la extensión henchida de su virilidad. Fue el turno de Quinn de temblar. En poco tiempo lo tuvo tan encendido y ansioso como lo estaba ella.

Se hallaba fuera de control, bajo su poder.

Abrió el envoltorio de un preservativo y se lo puso.

Impulsado a reclamarla, se lanzó hacia la estrecha y satinada calidez. Con los estómagos y muslos pegados. En cuanto estuvo dentro de ella, Kira le rodeó la cintura con las piernas y lo instó a penetrarla aún más.

–Sí –susurró ella cuando un gemido torturado se le escapó de la garganta.

–Sí –gruñó él, abrazándola todavía con más fuerza.

Entonces, el ritmo de penetración, de embestidas, creció y se estabilizó como el oleaje que danzaba de forma rítmica sobre la playa. El corazón le latió más fuerte y la sangre le hirvió. Cuando luchó por aminorar, ella se aferró a él con más fuerza, retorciéndose, suplicándole, instándolo a no parar... destrozando lo poco que le quedaba de control.

Con un grito salvaje, él alcanzó el orgasmo. Kira era tan grata, tan suave, tan apetecible. Aferrándole el trasero, la penetró más. Cuando se arqueó contra él, vertió toda su esencia dentro de ella.

Ella enloqueció, temblando, gritando su nombre, y la excitación de Kira lo envió más allá del límite fatal que había jurado que nunca más cruzaría. En su interior se derrumbaron muros. No quería sentirse de esa manera... ni por ella ni por cualquier otra mujer.

Pero se sentía.

Rodó hasta quedar junto a ella mientras luchaba por recuperar el aliento y el control.

—Vaya —musitó Kira.

Aunque nunca antes el sexo había sido tan intenso, no confiaba en sus propios sentimientos. ¿Por qué darle a ella más poder? Pero aunque no confesó nada, la calidez dulce de Kira lo invadió, apaciguando todas las partes rotas de su alma.

Ella se acercó y le tocó los labios con yemas febriles y antes de acariciarle la boca y la mejilla con gesto provocador, el deseo borboteó en el interior de Quinn. En un instante estuvo duro como una roca.

Jamás bastaría una vez. Para ninguno de los dos. Con un movimiento seguro y veloz, se acercó, de modo que su sexo tocó el de Kira. Cuando ella lo miró con ojos hambrientos, le besó la frente, los párpados y luego la punta de la nariz respingona. Después bajó y le besó los pechos y el ombligo. Abriéndole las piernas, descendió hasta esos labios dulces y prohibidos que lamió y se abrieron para él como los pétalos sedosos de una flor cálida. La punta de su lengua aleteó en el interior e hizo que gimiera.

—Cariño —susurró con suavidad—. Eres perfecta.

—Te quiero dentro de mí. Lo anhelo.

También él lo quería, de modo que en esa ocasión la penetró con delicadeza y la mantuvo abrazada.

Se tomó su tiempo, y cuando concluyó en violentas y agridulces oleadas de pasión mutua, volvió a experimentar la paz inexplicable que no dejaba lugar para el odio ni los pensamientos de venganza. Sencillamente la deseaba, deseaba estar con ella. No quería herir a nada ni a nadie que amara.

—Eres peligrosamente adictiva —murmuró contra el lóbulo de su oreja.

El rostro dulce de Kira estaba agitado y tenía los labios hinchados por los besos.

—Tú también —confirmó con sonrisa trémula—. Esto no se suponía que debía pasar, ¿verdad? Ninguno de los dos quería esta conexión.

—No… —su estado de ánimo se ensombreció al recordar que ella no creía que fuera un matrimonio real.

Lo dominaron las viejas dudas. Al día siguiente… si eso la hacía feliz, le juraría que nunca más volvería a tocarla. Pero esa noche tenía que abrazarla, respirar la fragancia que exudaba, perderse en ella... soñar una clase de vida diferente en compañía de Kira.

Esa noche era completamente suya.

Abrazada a él, suspiró y se quedó dormida. Él permaneció horas despierto mirando esa cara hermosa y anhelando... deseando lo imposible.

Al despertar, Kira tenía los brazos y las piernas entrelazados con los de Quinn. Durante un momento fugaz, se sintió feliz por el simple hecho de estar con él.

Pero de inmediato recordó que él estaba dispuesto a no volver a amar. El sexo, sin importar lo bueno que fuera, no lo haría cambiar de parecer.

La mañana gris era hermosa. Caía una lluvia suave y la isla proyectaba todo su frescor. Soplaba una brisa gentil.

Envuelta en el calor de él, supo que Quinn le iba a romper el corazón.

Con cautela, se puso de costado y se levantó sigilosamente para no despertarlo. Se lo veía tan relajado. Apacible. La noche anterior se había afanado en hacerla feliz en la cama. No. Debía recordar que era un amante experto que no había ido más allá de lo que sería habitual en él.

Salió de puntillas al pasillo, donde la asaltó un aire salado. En el momento en que el estómago le dio un vuelco, causándole un breve mareo, se apoyó contra la jamba de la puerta.

Alarmada, tragó saliva. Se apartó el pelo de la cara.

Volvió a recordar que Quinn no había usado preservativo la primera vez que pasaron juntos en la cama. Se puso a contar mentalmente los días desde su último período, que ya sabía que iba con retraso. En esas circunstancias, el extraño mareo le produjo cierta ansiedad.

¿Y si estaba embarazada? ¿Cómo reaccionaría Quinn? No se había casado con ella porque la amara o deseara formar una familia. Todo lo contrario. Había usado protección todas las veces después de aquel primer desliz. Nunca lo obligaría a permanecer casado por un bebé. Quería amor y aceptación. Convertir su matrimonio de conveniencia en algo permanente era el modo más seguro de garantizar que nunca encontraría lo que quería.

Se dijo que no tenía sentido agitar las aguas hasta no saberlo con certeza. Sin embargo, una semilla de preocupación había enraizado en su interior.

Cuando Quinn despertó, se puso unos vaqueros y la llamó, Kira ya había tomado su primera taza de café y se sentía lo bastante serena como para enfrentarse a él.

Sentada en el porche delantero, oyó sus pisadas al acercarse.

–¿Kira?

Al oír que se alejaba del porche, quizá porque ella no había respondido, y entraba en la cocina pronunciando su nombre, percibió que también él se hallaba de malhumor.

La puerta a su espalda crujió.

–¿Por qué no contestaste cuando te llamé? –preguntó con voz dura e insegura–. ¿Me estás evitando?

No se volvió para mirarlo.

–Quizá no te oí.

–Quizá sí.

–El mar está aún encrespado, puede que pase un tiempo antes de que podamos irnos –indicó.

–Ya veo. Después de lo de anoche, te sientes demasiado abochornada para hablar de algo que no sea el clima. ¿Me culpas a mí por no ceñirme a nuestro pacto de nada de sexo?

–No. Sé que lo que sucedió se debe tanto a mi culpa como a la tuya.

–Pero no te gusta.

–Escucha, lo que no me gusta es que se me obligara a entrar en este matrimonio en primer lugar.

–Correcto.

–Si no me hubieras obligado a casarme contigo, no estaríamos atrapados juntos en esta isla. Entonces, lo de anoche no habría pasado.

–De acuerdo. Entonces, ¿he de asumir por tu expresión sediciosa que quieres volver a la situación de sexo vedado?

Lo único que quería era un poco de reafirmación. A cambio, él se había lanzado al juego de la culpa.

Pues no pensaba reconocer que lo había anhelado la noche anterior ni que había disfrutado de todo lo que habían hecho juntos. Ni que aún lo deseaba. Sería darle demasiado poder sobre ella.

Guardó silencio y siguió mirando el golfo tormentoso.

–Es una pena que estemos varados aquí, pero no pienso arriesgarme a un naufragio. Tengo hambre. ¿Quieres compartir la última lata de alubias conmigo para desayunar o no?

El solo hecho de pensar en esa comida le resecó la boca y la causó un torbellino en el estómago. Se puso a sudar.

–O no –susurró, moviendo la cabeza con fuerza mientras respiraba hondo para calmar su estómago.

–¿Te encuentras bien? Se te ve un poco pálida –se acercó un paso.

–Estoy bien –espetó, girando la cara.

–No fui demasiado brusco anoche, ¿verdad? –preguntó con preocupación sincera.

–¡Cuánto menos se hable de lo sucedido, mejor!

Él asintió con expresión cautelosa.

–Hablé con mi capitán por teléfono vía satélite. *Pegaso* aguantó bien el viento y el mar embravecidos. La tripulación pasó una mala noche, pero aparte de uno o dos casos de mareos, todo está bien.

–Me alegro.

–Escucha, para lo que pueda servir, lamento no haber mantenido nuestro pacto y haberte hecho el amor. Me aproveché.

–¡No, no lo hiciste! ¡Fui yo quien salió a la tormenta y te tentó a seguirme! No sé lo que piensas de aquella noche que estuvimos juntos en San Antonio, ¡pero yo tampoco tengo aventuras de una noche!

–Lo sé. Y lo creo. No me habría casado contigo de otra manera.

–Siento curiosidad. ¿Te importaba de mí algo más que mi apellido?

–Soy tu marido –su expresión se tornó fría.

–Me dijiste que me tendrías en tu cama en un abrir y cerrar de ojos, y así fue. Te puedes apuntar otra victoria en tu plan de vengarte de mi padre.

–No es así cómo me siento. No acerca de ti.

–¡No vuelvas romántico lo que pasó! Estábamos aburridos y atrapados. El nuestro sólo es un matrimonio de conveniencia.

–¿Tienes que recordármelo constantemente?

–¡Sí! ¡Sí!

–Si es así como lo sientes, no volveré a acostarme contigo. ¡Espero que te haga feliz!

Ese anuncio frío la dejó helada.

–¡Estupendo! ¡Y una vez zanjado eso, vete! ¡Cómete las alubias y déjame en paz!

Cuando se fue a la cocina dando un portazo, el estómago de Kira experimentó un retortijón. Se sentía enferma, enferma de verdad. Se sujetó el estómago, corrió hacia la puerta de atrás para que no la viera, se inclinó sobre la arena bajo la lluvia ligera que caía en ese momento y vomitó.

Estaba embarazada. Simplemente, lo sabía.

Capítulo Doce

Quinn le hablaba lo menos posible.

Ahí tenía la respuesta del tiempo que estaría interesado en ella y eso la hacía desdichada.

Nada más regresar a San Antonio, le dejó bien claro que pensaba vivir como antes del matrimonio... trabajando prácticamente cada hora que se hallara despierto.

—El acuerdo con la UE va a requerir mi plena atención, así que durante un tiempo no se me verá mucho —había dicho él.

—Perfecto. Lo entiendo.

—Jason vendrá cada mañana a las diez para ocuparse de ti y de la casa.

—¿Jason?

—Mi casero. Está a tus órdenes. Descubrirás que es muy competente.

Quinn la había refugiado en su fabuloso loft y le había dado el dormitorio principal. En ese momento dormía sola en la vasta cama que habían compartido aquella primera noche. Nada más llegar, él había trasladado ropa a un segundo dormitorio y a la mañana siguiente se había ido a trabajar antes de que ella se levantara.

Aquella primera mañana, Jason, un hombre mu-

118

cho mayor, de labios finos y complexión esquelética, la había saludado con tanta arrogancia en la cocina, que le hizo sentir que estaba invadiendo su territorio.

–Me llamo Jason –se presentó con un leve deje de desdén–. Estoy aquí para cualquier cosa que necesite… limpiar, ir de compras, cocinar… cualquier cosa. Es mi deber y mi privilegio servirla, señora.

¿Señora? ¡Vaya!

–No estoy acostumbrada a que me sirvan. No se me ocurre qué puede hacer. Después de todo, puedo servirme yo los cereales en un cuenco, ¿verdad?

–¿Cereales? –frunció levemente el ceño–. ¿No preferiría una tortilla francesa? –sugirió con un desdeñoso arqueamiento de las cejas.

–Bueno, ¿por qué no? –había percibido que estaban empezando con mal pie. Quería ser agradable pero el hombre la hacía sentir fuera de lugar en el hogar de Quinn.

Jason había preparado una excelente tortilla francesa de jamón y verduras. Y luego ella se había ido al restaurante de Betty para ayudarla mientras una de las camareras se hallaba fuera, y los olores de la cocina le habían molestado más que de costumbre.

El resto de la semana siguió el mismo patrón. Quinn se marchaba a primera hora y regresaba tarde. Jason le preparaba el desayuno y la cena, y ella empezó a sentirse agradecida por su presencia, ya que significaba que no estaba del todo sola.

Y nunca dejaba de sentirse rechazada e indecisa.

Si Quinn estaba en casa detrás de su puerta cerrada, pensaba en él a cada minuto.

Cuando se iba, se sentía perdida. Con cada día que pasaba sentía más agudamente los olores, lo que no dejaba de confirmarle el embarazo. Quería hablar con Quinn sobre la situación, pero temía dicha conversación, en particular desde que él se afanaba en evitarla.

Al octavo día de su regreso, cuando aún no había tenido el período y estaba más desasosegada que nunca, llamó a su médico y pidió cita para la mañana siguiente. La misma tarde había acordado llevar a su madre a una sesión de quimioterapia como un favor que Jaycee le había pedido a comienzos de la semana.

Le alegraba tener algo más en qué concentrarse aparte de Quinn y su posible embarazo.

Horas más tarde y ya acostada, oyó a Quinn ante su puerta. Apartó el edredón y tuvo la intención de salir para saludarlo. Pero el orgullo la inmovilizó donde estaba.

Deseando que él llamara, el corazón le dio un vuelco al notar que se detenía ante su habitación. Pero pasado un minuto, continuó andando hasta el dormitorio en el que dormía en ese momento.

Al oír que la puerta de él se cerraba, no pudo contener un sollozo. Se levantó de la cama y corrió a la ventana. Contemplando la ciudad brillante, imaginó otras parejas felices acostándose juntas, hablando del día que habían tenido o de sus hijos, dando por hecho esos felices placeres maritales.

Se puso la bata y salió al gran salón. Con o sin bebé, no podía vivir de esa manera, con un marido que no la quería.

A su espalda, oyó que el suelo crujía. Giró en redondo y contuvo el aliento al ver a Quinn de pie y con el torso desnudo en la oscuridad.

–¿Estás bien?

La voz baja y ronca le produjo un escalofrío. Quería que la abrazara y la aplastara contra él.

–Sí. ¿Y tú?

–Un poco cansado, pero el acuerdo con la UE parece que va cobrando forma. Me iré a Londres unos días.

–Oh.

–Un coche vendrá a recogerme a las cinco de la mañana. No te preocupes, tendré cuidado de no despertarte.

¿Cómo podía ser tan obtuso? ¿O era simple indiferencia? ¿O aún seguía enfadado con ella por la dura conversación mantenida en la isla?

Quiso gritarle que debería darle un beso apropiado de despedida. Que quería llevarlo ella misma al aeropuerto. Pero se guardó esos pensamientos y él sólo la miró en la oscuridad. Kira pensó que estaba esperando… aunque no supo qué.

Después de unos minutos de observarse en un silencio pétreo, él le dio las buenas noches.

A la mañana siguiente, al oír que la puerta de entrada se cerraba detrás de él, se levantó. Desterrando todo orgullo, corrió al vestíbulo y logró alcanzarlo mientras aún esperaba el ascensor.

–Lamento haberte despertado –murmuró él con preocupación.

–No. Tenía que despedirme y desearte un buen viaje –susurró, sorprendida de poder sonar tan serena y tan normal cuando se sentía tan deprimida–. Te echaré de menos.

Él arqueó las cejas con cautela.

–¿Lo harás?

–Sí.

Pasado otro momento, Quinn suspiró y la pegó a su pecho.

–Yo también te echaré de menos –hizo una pausa–. Lamento lo de esta última semana.

–Yo también.

–Habib te llamará luego y te dará todos los números en los que estaré localizable. Pensaré en ti en Londres. De verdad que te echaré de menos. Lo sabes, ¿verdad? –murmuró.

Abrazándola más, la besó con fuerza. Kira se aferró a él. En ese momento llegaba el ascensor. Y él se vio obligado a soltarla o a llegar tarde. Alzó la maleta y entró en el habitáculo sin dejar de mirarla a los ojos.

Hasta que la puerta se cerró, Kira fue incapaz de dar un paso.

¡Embarazada! Con la necesidad de asimilar la noticia, permaneció sentada en el aparcamiento de la clínica mientras apretaba con fuerza el volante de su Toyota.

Tras un breve examen, el doctor se había quitado los guantes de látex y confirmado su embarazo.

–¿Cómo lo sabe? Ni siquiera ha hecho una prueba.

–Jovencita, cuando lleva tanto tiempo como yo haciendo esto, simplemente lo sabe.

A los pocos minutos, un test de embarazo hecho en su propia consulta confirmó su opinión.

Mordiéndose el labio, sacó el trozo de papel donde había apuntado todos los números que antes le había dado Habib. Después de calcular la diferencia de horario entre Texas y Londres, sacó el teléfono móvil y se puso a marcar. Entonces se detuvo. Lo más probable era que Quinn se encontrara muy ocupado. La noticia lo distraería de algo que para él tenía prioridad en ese momento: el acuerdo con la UE. Mejor compartirla en persona cuando volviera y pudiera evaluar su reacción.

No obstante, se moría por contárselo a alguien… que se mostrara tan entusiasmado como ella.

De pronto se alegró de tener que llevar ese día a su madre al tratamiento. ¿Qué mejor persona a quien confiárselo que a la futura abuela? Su madre se sentiría más feliz que nadie con esa noticia, y el cielo sabía que necesitaba pensar en un futuro alegre.

–Oh, querida –su madre dejó la taza de porcelana con motivos florales y tomó la de su hija entre las dos suyas, flacas por el tratamiento. Y aunque el apretón era débil, los ojos le brillaban de júbilo–. ¡Qué noticia maravillosa! ¡La mejor! ¡Increíble! ¡Tan fácil y tan pronto!

Kira se sintió henchida de orgullo. Su madre jamás había estado tan complacida con ella. Esa admiración siempre había estado reservada para los logros de Jaycee.

–¿Se lo has contado ya a Quinn? –preguntó su madre.

–Pensé que lo mejor era esperar hasta que volviera a casa y no estuviera tan distraído.

–¡De modo que soy la primera! –su madre irradió tal brillo de felicidad que casi pareció la misma mujer de antes de la enfermedad–. Voy a derrotar este cáncer y a vivir mucho tiempo. Tengo que hacerlo…. si quiero ver crecer a mi adorada pequeñita.

A Kira se le nubló la vista y giró la cabeza para ocultar la emoción. Y por encima de todo, no podía evitar sentirse satisfecha por haber sido quien hiciera tan feliz a su madre.

–Tu padre estará tan entusiasmado como yo. También lo está por el éxito de Quinn en Londres. De modo que este será un día doblemente feliz para él.

–¿O sea que ya ha tenido noticias de Quinn? –susurró Kira, sintiéndose dolida porque su marido hubiera llamado a su padre y no a ella.

–Sí, y parece que las cosas van bien –respondió su madre–. ¿He de asumir que el que te muerdas el labio significa que no has hablado con él?

–Me envió un mensaje de texto diciéndome que había llegado bien. No estoy dolida. En absoluto.

Después de estudiarla un rato, su madre se mostró dubitativa.

–No me cabe duda de que se sentirá feliz de conocer tu estimulante noticia.

Ella no estaba tan segura.

–Francamente, me preocupa un poco contárselo. Ya sabes… no nos casamos en las mejores circunstancias.

–Me gustaría que no le dieras demasiadas vueltas a eso. De verdad creo que significa algo que una pareja se quede embarazada con tanta facilidad –dijo su madre casi con envidia.

–¿Qué dices?

–A veces no funciona de esa manera… Earl y yo lo pasamos fatal al quedar embarazados de… de ti. Pero no vayamos por ahí.

No supo si había imaginado la sombra que cruzó el rostro de su madre.

–¿Sucede algo, mamá?

–No, querida.

Pero giró la cabeza y algo en la postura rígida hizo sonar alarmas de Kira.

–¿Qué sucede? ¿Te he alterado?

Su madre la miró con expresión titubeante.

–Supongo… es natural que tu noticia remueva el pasado.

–¿De cuando estuviste embarazada de mí?

Una única lágrima cayó por la mejilla de su madre.

–No… Es sobre ti… –los ojos revelaron una emoción insondable–. Jamás estuve embarazada de ti.

–¿Qué?

–Yo... tu padre y yo intentamos tener un bebé con tanto ahínco. Tanto. Ya sabes cómo soy. Me tomaba la temperatura todo el tiempo. Diez veces al día. Pero no conseguía... quedar embarazada... sin importar lo que hiciera. Fuimos a ver a incontables especialistas y nos dijeron que era por mí. Por un desequilibrio hormonal. Y entonces... jamás le contamos la verdad a nadie, ni siquiera a ti.

–¿Qué verdad? –cerró las manos con fuerza bajo la mesa.

–No podía concebir, de modo que al final adoptamos.

–¿Qué?

–Eres adoptada. ¡Por favor, no te muestres tan alterada! Yo jamás podría haber tenido una hija propia tan maravillosa como tú. Siempre has sido tan dulce. Como ahora. Acompañándome a mi tratamiento cuando la pobre Jaycee no puede soportarlo. Odia pensar en mí enferma. Se parece tanto a mí. Soy fuerte en algunos aspectos, pero débil en otros. Hasta ahora, jamás pude reconocerle a nadie que tú no eras mi hija biológica. Representaba mi mayor imperfección como mujer.

–Oh, Dios mío –Kira se sintió abrumada, vacía.

De pronto recordó todas las pequeñas cosas que jamás habían encajado en su vida. El resto de los miembros de la familia era rubio y de ojos azules, mientras ella tenía pelo y ojos oscuros. Ella era alta y esbelta, mientras su madre y Jaycee eran más pequeñas y curvilíneas.

Era más emocional y no había pensado con tanta lógica como ellos. Quizá por eso siempre había pensado que su familia no era el lugar que le correspondía. Tal vez siempre había percibido esa enorme falacia en su vida.

–Sentía un fracaso tan grande –continuó su madre–. Como mujer, por no ser capaz de concebir un hijo. Y entonces, de pronto, inexplicablemente, cuando tenías dos años, me quedé embarazada de Jaycee… sin siquiera haberlo intentado. Al verla tan perfecta, tan hermosa, sentí que había alcanzado algo realmente grande al dar a luz. Pero en serio, tenerte a ti siempre fue un logro igual de grande. Sólo que no lo aprecié hasta ahora. Una enfermedad como esta te puede cambiar, de algún modo hacerte algo más sabia. De joven era tan tonta e insegura. Sé que no siempre te he entendido, pero te quiero muchísimo.

Kira no podía decir nada. Se hallaba tan abrumada como una actriz de teatro que ha olvidado todo su diálogo. Tenía la mente en blanco.

–Me alegro tanto de que tengas a Quinn. Todos sufrimos mucho cuando Kade murió justo después de vendernos la compañía. Tu padre quería a Kade como a un hermano. Y entonces, tantos años después, tener a Quinn al timón de la empresa en el mejor momento posible para nosotros, fue como una ironía afortunada. Y ahora el bebé. Este maravilloso bebé hará que todo vuelva a estar bien. Lo sé.

»Yo me pondré bien y tú eres feliz con Quinn. Dejarás… de dudar de que sois el uno para el otro porque tendréis a este bebé al que amaréis juntos. Nada puede acercar más a una pareja que un hijo.

–Si la vida fuera tan simple.

–A veces lo es.

En ese momento, Kira no podía pensar en su adopción y en lo que significaba. De modo que se concentró en averiguar más cosas sobre el pasado de Quinn.

–Madre, ¿por qué Quinn culpaba a papá de la muerte de su padre?

–Tu padre y Kade Sullivan crearon Murray Oil. Bueno, por aquel entonces era Sullivan & Murray Oil. Esther Sullivan era extravagante, pero Kade la adoraba. Desde luego, siempre le estaba pidiendo prestado a Earl, siempre necesitaba más… por ella. Las necesidades de Esther eran insaciables. Con el tiempo, Kade comenzó a jugar en el mercado de valores. Durante años tuvo suerte, pero un día esa suerte se agotó.

»Cuando faltó dinero en la empresa, de cuentas que llevaba él, tu padre le hizo algunas preguntas directas. Kade se enfadó. Al final el dinero se encontró, pero el malentendido había provocado una división entre los dos.

»Kade dijo que quería salir de la empresa, de modo que Earl le compró su parte. Pero cuando la situación del mercado mejoró y las acciones se dispararon, Kade sintió resentimiento y se puso a beber y a hablar mal de tu padre, creo que en especial con Quinn. Por ese tiempo, Esther se divorció de Kade y se llevó lo que quedaba.

»Al poco tiempo, Earl consiguió un acuerdo que triplicó el valor de Murray Oil. Kade afirmó que el acuerdo había sido idea suya y quiso una compensación, de modo que interpuso una demanda. La perdió y Quinn descubrió su cuerpo en el taller que tenía al lado del garaje. Al parecer Kade había estado limpiando su escopeta y esta se disparó de forma accidental. Pero, ¿quién sabe? Kade jamás dio la impresión de ser la clase de hombre que se suicidaría. De hecho, tu padre cree con firmeza que fue un accidente.

»Oh, cariño, no hablemos de cosas tan deprimentes. Yo prefiero pensar en mi futuro nieto. ¿Quieres que sea niño o niña?

–Niño –murmuró–. Un niño con ojos azules que se parezca a Quinn y a Kade.

–Así que empiezas a amarlo un poco.

Con todo su corazón. Pero aún no estaba preparada para reconocerlo, ni siquiera ante su madre.

Pero su madre veía la verdad.

–Te lo dije –comentó con tono triunfal–. Y no me extraña. Es todo lo que una mujer con dos dedos de frente querría en un marido.

No todo, ya que no podía devolverle su amor.

Capítulo Trece

De pronto Kira recibió un mensaje de texto en el que Quinn le informaba de su vuelo de regreso al día siguiente. Y justo antes de subir al avión, la llamó por teléfono cuando ella aún dormía. Al no responder, le dejó un mensaje diciendo que llamaba para recordarle una fiesta de la empresa a la que iban a asistir esa noche, una hora después de que el avión aterrizara.

«Puedes llamar a mi secretaria para averiguar lo que debes ponerte», había dicho por teléfono. Luego había bajado la voz: «Te he echado de menos… mucho más que lo que imaginé».

Al hablar con la secretaria, esta le informó de que el señor Sullivan había sugerido que se pusiera algo rojo, explicando que el éxito del acuerdo tendría repercusiones a largo plazo sobre la empresa y que la fiesta era importante para él, por lo que le recomendaba que hiciera lo que le pedía por si encajaba en un plan mayor.

Se fue de compras y regresó a casa con un vestido escarlata de escote pronunciado y unos zapatos nuevos.

Después de la fiesta, si Quinn se hallaba de buen humor, le diría que estaba embarazada.

Cuando la llave de Quinn giró en la cerradura, Kira corrió a la puerta para saludarlo. El equipaje sonó con fuerza en el suelo. Luego entró en el vestíbulo con el teléfono pegado a la oreja.

Su voz sonaba con autoridad al pasar al salón. Tenía ojeras de cansancio. Aunque no se hubiera molestado en llamarla desde el coche, se sentía encantada de tenerlo en casa.

–He de colgar –dijo con brusquedad–. Concluiremos esto por la mañana –cerró el móvil y la miró–. Siento esta llamada. Negocios.

–Por supuesto, lo entiendo –sonrió trémula.

Él también sonrió, pero el gesto se evaporó antes de llegar a sus ojos.

Le costó no correr a sus brazos.

–Se te ve pálida –comentó él–. Más delgada. ¿Estás bien?

No había comido con regularidad debido a los mareos matutinos, pero no podía contárselo.

–Estoy bien –susurró.

–¿Por qué siempre esa respuesta es tu primera línea de defensa?

No supo qué decirle. Si tan sólo la tomara en brazos y la besara, tal vez eso derribara las barreras que había entre ellos.

Vio que tenía las manos cerradas. ¿Tan complicado le resultaba estar casado con ella?

–Me gusta el vestido. Te sienta bien –musitó él

Complacida, Kira se ruborizó.

–Te he comprado una cosa –agregó Quinn y con displicencia arrojó un estuche al sofá.

Era como si el regalo fuera un souvenir y nada más.

Al girar en redondo y dirigirse por el pasillo hacia su dormitorio, Kira experimentó una horrible sensación de pérdida. Qué tonta había sido al soñar con que podrían tener un comienzo de nuevo.

Se hundió en el sofá y abrió el estuche negro, soltando una exclamación complacida al ver el fulgor de un collar y unos pendientes de rubíes y diamantes. En el interior él había introducido su tarjeta. En el reverso había escrito: «Para mi hermosa esposa».

Con dedos titubeantes y lágrimas en los ojos tocó el collar. Se secó los ojos con rapidez. Era exquisito. Nadie le había regalado jamás algo la mitad de hermoso.

Pero en cuanto se acordó de respirar, se dijo que el regalo no significaba nada. Quinn era rico. Había comprado las joyas para impresionar a los clientes, accionistas y empleados de Murray Oil. Probablemente hizo que alguien las eligiera en su lugar.

–¿Te gustan?

Alto y moreno, con su elegante traje negro, la miraba gravemente apuesto desde el umbral.

–Son demasiado hermosas. Gracias.

–Levántate y te ayudaré a ponértelas. No te haces idea de la cantidad de collares que estuve mirando. Nada parecía idóneo hasta que encontré este.

–¿Fuiste tú a comprar el juego?

–Por supuesto. ¿En quién podía confiar para que eligiera el regalo adecuado para mi esposa?

La dejó asegurarse los pendientes en las orejas

antes de alzar el collar del estuche de terciopelo y abrochárselo alrededor del cuello.

–Con tu cabello oscuro, pensé que los rubíes te sentarían muy bien, y así es –observó durante largo rato el resplandor en el cuello de Kira–. Te imaginé con él puesto y nada más.

A pesar de sí misma, ella emitió una risita. Eso se parecía más a la bienvenida con la que había fantaseado. En unos momentos, la besaría.

Él retrocedió para admirarla y le devolvió la sonrisa.

Con los labios fruncidos, ella se llevó la mano a la garganta y le dolió que no la hubiera besado.

La expresión de él volvió a mostrarse reservada y en vez de tomarla en brazos se apartó casi con brusquedad.

–¿Nos vamos? –preguntó con tono áspero e impersonal.

No se atrevió a mirarlo mientras asentía.

Nada más llegar a la fiesta, le pasó el brazo por la cintura mientras ejecutivos y clientes se acercaban para rodearlo y felicitarlo por el éxito obtenido en Londres.

Con un crujido de seda negra, Cristina figuró entre los primeros que corrieron a su lado. Con una sonrisa breve y fría hacia Kira, apoyó una mano enjoyada y exquisita sobre la mejilla de Quinn y le dio un beso fugaz.

–Estoy tan orgullosa de ti –musitó con tono íntimo–. Sabía que lo conseguirías. ¿Ves? Ahora todo el mundo te adora. Las preocupaciones se acabaron.

Era evidente que se había tomado la molestia de informarle a ella en persona del éxito que había cosechado.

–¿De modo que la operación ha salido bien? –le susurró al oído después de que la hermosa Cristina se marchara. Él asintió distraído mientras seguía estrechando manos–. ¿Por qué no me lo dijiste?

–Ahora lo sabes, ¿no?

–Pero soy tu esposa…

–En contra de tu voluntad, como no dejas de recordarme. Razón por la que me he esforzado en no abrumarte con demasiada atención.

Dolida, se dio la vuelta. Estaba segura de que él tendría el deber de mezclarse con los invitados, por eso le sorprendió que permaneciera a su lado. Y cuando notó que un hombre moreno hablaba con su familia, le preguntó a Quinn quién era.

–Habib.

–¿El hombre con el que hablaste después de que hiciéramos el amor aquella primera vez?

Él asintió.

–Pensé que os habíais conocido… en la boda.

–No, pero hemos hablado por teléfono esta última semana. ¿Por qué pensaba que deberías haberte casado con Jaycee en vez de conmigo?

–Se equivocaba en lo que pensara. ¿Qué importancia tiene ahora?

–Mi madre me contó hoy que soy adoptada –la expresión de Quinn le reveló que sabía más que lo que quería revelar–. Algo que dijiste aquella mañana me llevó a preguntarme si tú y él ya lo sabíais –insistió. Quinn se puso rígido–. Pensé que si lo sabías, quizá diste por hecho que a mi familia le importaría más ella… y tal vez ese era el motivo por el que Habib coincidía con mi padre en que ella era mejor elección…

–La investigación llevada a cabo por Habib indicó que tu padre se inclinaba en favor de Jacinda.

Ella sintió un nudo en el pecho. Esa razón era uno de los motivos por los que el que su marido la amara por sí misma importaba más que cualquier otra cosa.

–Te preferí a ti desde el principio –explicó él.

No paraba de repetirlo, ¿se atrevía a creerle?

–¿Eso no cuenta para nada? –agregó Quinn.

–Nuestro matrimonio fue una transacción. Te casaste conmigo para darle fluidez a la adquisición de Murray Oil, y ahora que te has ganado un sitio, no me necesitas.

–Eso lo decidiré yo. ¿Qué te parece si le ponemos fin a esta conversación y bailamos? –le tomó la mano–. ¿Vamos?

Era consciente de que la gente los miraba y se recordó que sólo bailaba con ella para hacer creer a los invitados que el matrimonio era real.

Por el rabillo del ojo vio que también sus padres y Jaycee los observaban. Como de costumbre, al verlos juntos y tan felices, se sintió excluida. Incluso estar en brazos de Quinn y saber que llevaba el bebé de él en su interior no le proporcionaba alegría.

–Olvídate de esos pensamientos oscuros y rebeldes y, simplemente, baila –le susurró él al oído–. Relájate. Disfruta. Estás preciosa, ¿lo sabías?, y aprovecharé cualquier excusa para tenerte en mis brazos.

A pesar de todo, sus palabras y su proximidad le hicieron bullir la sangre. Y aunque sabía que era ilógico, estar en sus brazos la reafirmaba.

No tardó en olvidar que bailar con él era sólo una exhibición para los demás.

Dejaron de hablar, pero los ojos de él no se apartaron de sus labios mientras sonaba la música. ¿Querría besarla? Ella lo anhelaba. Pasado un rato, las vueltas la marearon y le provocaron calor.

No quería ponerse enferma. No en ese instante… cuando al fin Quinn la abrazaba y casi parecía feliz de estar con ella. Sin embargo, no podría dar otro paso sin desmayarse.

–Necesito algo de aire –susurró.

–De acuerdo –la condujo hasta unos ventanales que daban a una terraza que mostraban en todo su esplendor las brillantes luces de la ciudad. La noche era templada. Una vez solos, la acercó a él con gesto preocupado–. Se te ve tensa y pálida. ¿Seguro que te encuentras bien?

Respiró hondo varias veces en busca de aire.

–Estoy perfectamente –mintió, creyendo que en un par de minutos así sería.

–Es evidente que estar en mis brazos representa todo un esfuerzo.

–¡No!

–No tienes que mentir. Sé muy bien que te he

dado sobrados motivos para resultarte desagradable.

–No me desagradas.

–Pero no te gusto. Lo entiendo, ya que después de todo era el enemigo de tu padre.

–Quinn…

–No, escúchame. Desde que estuvimos en la isla, he mantenido la distancia con el fin de que nuestro matrimonio te resultara menos difícil. Sé que te he impuesto esta situación casi sin tiempo para que la asimilaras y que la noche de la tormenta me aproveché de ti. No es algo que me enorgullezca. Pero, ¿te haces idea de lo difícil que me ha resultado mantenerme alejado desde entonces?

Quería darte tiempo y espacio para que te acostumbraras a nuestro acuerdo. Recé para que la separación de una semana me proporcionara la fuerza para resistirme a ti cuando regresara –musitó–. Por eso no te llamé desde Londres, ni cuando llegué. Pero después de unos días separados, el juramento que me hice de no tocarte me vuelve loco. Eres mi obsesión desde el primer día en que te vi.

–Pero yo no quiero un marido frío. Yo también te he deseado a ti –susurró. A pesar del aire, empezaba a sentirse otra vez mareada.

–¿De verdad?

Debió encontrar en los ojos de ella el ánimo que buscaba, porque al instante la besó. Pero que la abrazara con fuerza y la besara hizo que el mareo regresara como un relámpago.

–No te haces idea de lo mucho que te he echado

de menos. Cariño, dime que tú también, al menos un poquito.

–Por supuesto –el corazón le latió con fuerza al respirar hondo. La cara de él se tornó borrosa y todo lo que los rodeaba comenzó a girar como en un calidoscopio. Se ordenó mantenerse fuerte, luchar contra el mareo–. Te he echado de menos… Pero he de decirte algo, Quinn. Algo… maravilloso –sin embargo y a pesar de lo mucho que lo intentaba, no podía aspirar aire–. Quinn…

Sus manos, que habían estado empujando con frenesí contra el torso de él, perdieron fuerza. Caía en una pesada oscuridad caliente, remolineante y omnipresente.

Lo último que vio fue la cara ansiosa de Quinn mientras la rodeaba con los brazos.

Capítulo Catorce

Cuando Kira recobró la conciencia, Quinn se hallaba inclinado sobre ella en un cuarto pequeño con un paño frío sobre su frente. A la derecha de él había un hombre alto y rubio con un grave aire de autoridad que le tomaba el pulso en la muñeca mientras miraba un reloj.

–Dennis es médico y quiere que te pregunte si… si es posible que estés embarazada –dijo Quinn.

–Quería… decírtelo. Lo primero… de verdad.

–¿Qué?

–¡Sí! –se ruborizó ante la mirada de Quinn–. Sí. Estoy embarazada.

–¿Por qué no me llamaste o me lo dijiste al llegar a casa? –inquirió con expresión sombría–. ¿Porque el bebé te causaba infelicidad?

Quinn se volvió hacia el médico y lo interrogó acerca de la condición en que se encontraba. El hombre lo tranquilizó diciéndole que tanto el pulso como la tensión arterial estaban bien. No obstante, le aconsejó que al día siguiente viera a su médico para asegurarse.

–Nos vamos a casa –expuso Quinn–. Te vas a meter en la cama. Deberías habérmelo dicho.

–Iba a…

–¿Cuándo? –demandó con frialdad.

Fue la última palabra que pronunciaron hasta llegar al loft. Una vez allí, él permaneció bajo la luz del recibidor mientras ella corría a refugiarse en el dormitorio principal.

En silencio, se quitó los zapatos y el vestido rojo, luego se puso un vaporoso camisón blanco.

El temblor de los dedos le impidió quitarse el collar. Tenía que hablar con él y tratar de arreglar la situación.

Sin ponerse nada más, corrió al salón. Se hallaba vacío, de modo que se dirigió de puntillas al dormitorio de Quinn. La puerta estaba cerrada. Al principio pronunció su nombre con suavidad.

Abrió la puerta y se plantó ante ella. El poderoso torso desnudo iluminado por detrás. No pudo apartar la vista de esos músculos.

–Quiero a este bebé e iba a decírtelo –susurró.

–¿Cuándo? –abrió más la puerta incrédulo.

–Justo antes de desmayarme en la fiesta. Quería decírtelo en persona y… Es que estaba asustada –continuó sin aliento–. Yo… yo… no podía creer que también querrías a mi bebé.

–Nuestro bebé –corrigió con voz tensa.

–Si lamentas haberte casado conmigo, si planeabas disolver nuestro matrimonio después de la adquisición de Murray Oil, no tienes que quedarte conmigo por esto. Espero que lo sepas. El bebé no debe cambiar nuestro acuerdo.

–Maldita sea –respiró hondo–. ¿Es que alguna vez vas a dejar de decirme lo que yo siento?

–Pero… ¿no es eso lo que sientes?

Guardó silencio largo rato.

–¿Eres capaz de escucharme por una vez en vez?

–Sí. De acuerdo.

–Creo que la noticia me asusta un poco –su expresión se suavizó, le tomó la mano, y cuando ella no opuso resistencia, la abrazó.

–No sucederá nada, porque cuidaremos bien del bebé… y de mí –lo tranquilizó.

–Mi padre era fuerte y murió –su voz manifestó un gran dolor.

–Razón por la que debemos vivir cada momento al máximo –susurró y con un gesto de ternura le acarició las sienes–. No tenemos ni un segundo que perder.

Quinn la abrazó con más fuerza, bajó la cara y buscó la boca de ella. La besó larga y hondamente. Con un suspiro, Kira abrió los labios. Llevaba horas, días, anhelando ese beso.

–Oh, Kira… –dio la impresión de que no podía dejar de besarla. Entonces, y sin previo aviso, la soltó–. Perdóname, tú no quieres que te toque. Será mejor que te vayas a tu habitación.

A pesar de ese áspero rechazo, sus ojos seguían devorándola.

La estaba apartando porque la deseaba demasiado.

Si tenía que suplicar, Kira se dijo que lo haría.

–No me hagas dormir sola esta noche –imploró–. Porque no podré hacerlo. Permaneceré acostada… deseándote.

–Yo tampoco lo conseguiría. Pero si no te vas, por la mañana lo lamentarás –su expresión se ensombreció–. Como ya te sucedió… en la isla.

–No lo creo –afirmó–. Has dicho que deberíamos centrarnos en lo positivo… por el bien del bebé. ¿Tengo razón? Creo que ya no quieres volver amar a nadie más. En especial a mí –murmuró–. Pero esta noche no te pido tu amor –acalló su protesta con un dedo en sus labios–. No te pido nada que no puedas dar. Sólo quiero estar contigo.

Tenía las rodillas tan flojas por el deseo que apenas lograba mantenerse de pie. Sabía que lo que lo retenía a su lado era algo tenue y únicamente sexual. Debía aceptarlo, aprovecharlo y esperar que algún día pudieran construir sobre esos cimientos.

Lo acarició y cuando pasó las yemas de los dedos por sus tetillas y el vello oscuro que le cubría el torso, él gimió, e hizo que Kira se sintiera complacida.

Con un suspiro trémulo, la acercó y le recorrió los labios y la línea de la mandíbula con la boca y la lengua.

Durante una hora entera la abrazó contra su cuerpo. Cuando ella le besó la mejilla, la garganta, las tetillas… él musitó con suavidad:

–No bromeabas, ¿verdad?

–Te he echado de menos.

Le acarició el cabello.

En esa ocasión su amor fue más dulce y pausado, y luego, cuando le besó el vientre con ternura, le demostró que la pasión intensa que sentía también incluía al bebé.

Cuando la abrazaba de esa manera y se mostraba tan afectuoso, ella casi podía olvidar que no la amaba.

Acunada en los brazos de él, cayó en un sueño inquieto.

En cuanto la respiración de Kira se hizo acompasada y Quinn estuvo seguro de que dormía, se levantó de la cama.

Recogió los pantalones del suelo, se los puso y salió descalzo. Al llegar al bar, se sirvió una copa de vodka.

Cada día la obsesión que sentía por Kira aumentaba. Si ella no era capaz de corresponderle, se encontraban atados en el mismo curso que habían recorrido sus propios padres. No soportaría ese tipo de matrimonio.

Su padre le había dado todo a su madre, y no había sido suficiente.

Él no cometería el mismo error.

Capítulo Quince

Nada había cambiado. Quinn no estaba.

No era la primera vez que despertaba sola en la cama de él.

En su estado, habría agradecido un beso de buenos días. Y quizá un desayuno juntos enfatizado con muchos más besos.

Pero se había ido a trabajar.

La noche anterior solo debía haber sido sexo para Quinn. Y aunque lo había sabido, no pudo evitar sentirse sola allí tendida.

Se levantó, con el camisón como única vestimenta, se asomó por la puerta y, al no ver a nadie, se cubrió con una manta y salió disparada de puntillas por el pasillo. Una vez en su dormitorio, echó el cerrojo.

Mientras se vestía, encendió el televisor. Murray Oil y el acuerdo con la UE aparecían en todas las noticias.

En muchos de los reportajes una Cristina radiante se hallaba tan cerca de Quinn que parecían estar unidos. Se preguntó por qué no le había dicho que Cristina lo había acompañado a Londres.

Cristina trabajaba para él. Seguro que lo habían acompañado otros ejecutivos. No tenía importancia.

Pero en su estado frágil, para ella representaba mucho. Tenía que preguntarle qué motivos había habido para que la llevara a Londres, de modo que cuando sonó el teléfono, corrió a contestar con la esperanza de que fuera Quinn.

–¡Hola! –dijo con vehemencia.

–¿Kira? No pareces tú.

El crítico tono masculino era muy familiar. Y entonces lo situó: Gary Whitehall, su antiguo jefe.

–Hola, Gary.

–¿Sigues buscando trabajo?

–Sí.

–¿A pesar de ser la mujer de Quinn Sullivan?

–Sí, a pesar de ello. Es un hombre muy ocupado y a mí me encanta hacer aquello para lo que me preparé.

–Bueno, María se jubila. Naturalmente todos pensamos en ti.

Y en Quinn, agregó ella para sus adentros.

–Puedes tener tu antiguo trabajo.

–Es una noticia maravillosa.

–Entonces, ¿estás dispuesta para una reunión? Aunque no hay prisa. No queremos presionarte.

–Lo estoy. De hecho, esta tarde tengo libres un par de horas.

Acordaron una hora y colgaron.

Con un esfuerzo, desterró la imagen de Quinn y Cristina de su mente y se centró en la oferta de Gary. Se alegraba de que la hubiera llamado.

Siguiendo un impulso, decidió llamar a Quinn para ver qué opinaba.

Pero se sintió desilusionada cuando su secretaria le dijo que se hallaba en una reunión y que le diría que la llamara.

–¿Con quién?

–Con Cristina Gold. Están repasando los últimos flecos de los contratos para el acuerdo con la UE antes de concluir toda la operación.

Al colgar, se dejó caer en la cama, sintiéndose más insegura que nunca.

No le des importancia. Cristina trabaja para él. Es lo único que hay. Ve al restaurante de Betty. Haz la entrevista con Gary.

Pero el embarazo la volvía altamente emotiva. No podía olvidarlo. Tenía que verlo. Después de lo de la noche anterior, tenía que saber qué sentía él.

Se vistió deprisa y estuvo en la oficina de Quinn en menos de una hora.

–El señor Sullivan me ha comentado que esperan un bebé. Se lo veía muy feliz. Felicidades –le deseó la misma secretaria rubia que la había recibido la primera vez.

–Gracias.

–¿Le apetece un café o un refresco?

–Sólo quiero hablar con mi marido. No me ha devuelto la llamada y como andaba por la zona…

–Me temo que sigue ocupado con los contratos.

–¿Con la señorita Gold? –la mujer joven asintió–. Por favor, transmítale que estoy aquí.

Después de llamarlo, la mujer alzó la cabeza de inmediato.

–Dice que la verá. Ahora.

La joven se levantó con la intención de conducirla hacia el despacho, pero Kira alzó una mano.

–Recuerdo el camino.

Al llegar al despacho, Cristina se marchaba con un grueso legajo de papeles. Le ofreció a Kira una sonrisa forzada. Detrás de Cristina, Quinn se apoyaba con indiferencia en la jamba de la puerta.

–Espero no interrumpir –comentó ella al entrar.

–Me alegro de que la reunión haya acabado. Y me alegro el doble de verte –cerró la puerta–. Necesitaba un descanso.

Sin embargo, cuando sus ojos se encontraron, notó tensión.

–Lamento haberme ido tan temprano esta mañana, pero recibí un par de mensajes urgentes.

–¿De Cristina?

–Uno. Por desgracia, sigue habiendo varios cabos sueltos en la operación de la UE –repuso.

–No pasa nada.

–Se te ve contrariada –expuso.

–No sabía que Cristina había ido a Londres contigo… hasta que os vi juntos en las noticias.

–Me llevé un equipo de diez personas –enarcó una ceja con expresión cínica–. Tiene mucho talento en lo que hace o jamás la habría contratado.

–No sólo tiene talento, también es hermosa.

Él se quedó muy quieto.

–No hay necesidad de que estés celosa. Estoy casado contigo, y lo creas o no, eso significa algo para mí –hizo una pausa–. Como es evidente que quieres saber más sobre Cristina y yo, te aclararé nuestra relación. Salimos brevemente. La prensa le dedicó a dicha relación más atención que la que merecía.

»Luego rompió conmigo para estar con otro hombre con el que aún mantiene una relación seria. En su momento, se quejaba de que nunca tenía tiempo para ella. Él sí. Yo me enfadé, pero desde entonces he comprendido que ella tenía razón.

—¿Por qué la contrataste, entonces?

—Trabajamos juntos en varios proyectos antes de salir. Hará mucho por Murray Oil.

—¿De modo que, como siempre, los negocios son lo más importante?

—Los negocios siempre serán una parte importante de mi vida. No lo niego. Es parte de quien soy. La contraté… antes de conocerte —hizo una pausa—. ¿Qué es lo que quieres de mí esta mañana, Kira?

—Es cierto, te estoy interrumpiendo. Eres un hombre ocupado. Seguro que te esperan más reuniones importantes, y aquí está tu esposa embarazada y extremadamente emocional que necesita reafirmación.

La observó con detenimiento.

—Supongo que quiero lo imposible —soltó—. Quiero un matrimonio real.

—¿Ahora quieres eso, cuando en todo momento afirmaste buscar justo lo contrario? Parece que nada te satisface. Si te doy espacio, está mal. Si me acerco a ti, te agobio.

—Sé que carezco de lógica. Supongo que estoy alterada porque… porque, no sé… ¡solo sé que no puedo continuar así!

–En cuanto concluya este acuerdo, dispondré de más tiempo…

–¿Qué importancia puede tener eso si no deseas el mismo matrimonio que yo? Quizá por el bebé y el hecho de haber descubierto que soy adoptada, tengo esta enorme necesidad de que las cosas salgan bien entre nosotros. Quiero más. He querido más toda mi vida. Quiero poder contar con mi marido.

–Si querías todo eso, ¿por qué me dijiste desde el principio que no querías acostarte conmigo?

–Supongo que para protegerme… de sentirme alguna vez como ahora… necesitada… confusa. Sabía que este matrimonio para ti sólo eran negocios. No quería que me partieras el corazón –susurró.

–¿Qué estás diciendo?

–Lo que tenemos no es suficiente. Ni para mí… ni para ti.

–Estás embarazada. No podemos alejarnos el uno del otro así como así. Ya no se trata de ti o de mí, ni de Murray Oil. Ahora tenemos un niño en el que pensar.

–Razón de más por la que no quiero estar atrapada en un matrimonio sin amor. Quiero que mi hijo crezca en un hogar lleno de cariño y ternura. Ya no necesitas seguir casado conmigo. Tú no me amas.

–Bueno, lo que está claro es que no amo ni deseo a nadie más. ¡Estoy centrado únicamente en ti! No obstante, no estoy seguro de que pueda llegar a amar alguna vez a alguien… ni siquiera a ti.

–Bueno, pues yo quiero a un hombre que me entregue su corazón, o no hay relación.

–De acuerdo –espetó con voz fría–. Ahora que nuestro matrimonio ha servido su propósito, quieres abandonar el barco. Yo no y no estoy preparado para dejarte ir. Pero si es lo que tú quieres, ya no te retendré en contra de tu voluntad.

–¿Qué?

–Te daré lo que dices que quieres. Eres libre de marcharte. Pero entiende esto… pretendo tener un papel activo en la educación de nuestro hijo.

–Por supuesto –susurró, devastada.

–Entonces, que así sea –concluyó él.

Como no estaba en condiciones de mantener una entrevista con Gary, la reprogramó para dos días después.

Todo había sido difícil a partir de aquel momento. Regresar al loft de Quinn para guardar la ropa hermosa que ya no iba a necesitar y luego volver a su apartamento atestado con las plantas muertas y la miríada de obstáculos emocionales.

El día de la entrevista intentó concentrarse en Gary, pero anheló estar en otro lugar, incluso en casa, a solas con su gato. Como no lo interrumpiera, corría el peligro de que siguiera hablando durante otra media hora.

–Gary, todo esto es fascinante, pero necesito hacerte una pregunta –él frunció el ceño–. ¿La oferta está condicionada a que siga casada con Quinn? Deja que sea clara. Quinn y yo nos hemos separado. ¿Sigues queriéndome para el puesto?

–¿Separados? –se le demudó la cara y se apartó del escritorio–. Bueno, eso cambia las cosas –recobrándose, se pasó una mano nerviosa por el pelo–. No obstante, quiero que trabajes aquí, por supuesto.

–Me alegro de que nos entendamos.

Unos minutos más tarde, él concluyó con rapidez la entrevista.

–Te llamaré –dijo.

Kira se marchó preguntándose si lo haría.

De pie junto al bordillo de la acera delante del museo y a punto de cruzar la calle, Jaycee la llamó por teléfono.

–¿Cómo va todo?

–He estado mejor otras veces –respondió Kira–. La entrevista con Gary fue bien, supongo. Aguarda un momento…

Apoyó el teléfono contra la oreja y miró a ambos lados para cruzar la calle. Pero justo al apoyar el pie, un moto hizo un giro a la izquierda y sintió una oleada de pánico, pero era tarde. Al siguiente instante, volaba por los aires.

Vio la cara de Quinn y de repente supo que lo amaba.

No importaba que él jamás pudiera amarla, o quizá en lo más hondo de su ser sabía que tal vez también Quinn ya la amara, un poco…

Había sido una idiota por alejarse del hombre al

que amaba. Quería levantarse y volver al despacho de él. Quería suplicarle otra oportunidad. Pero al intentar sentarse, sintió como si el cuerpo fuera de cemento.

Alguien se inclinó sobre ella, pero no pudo verle la cara.

–Quinn –gritó–. Quiero a Quinn.

El hombre habló, pero no pudo oír lo que decía.

Luego todo se puso negro.

En su despacho, de pie ante la estantería en la que estaba la caracola que ella le había regalado aquel día en la playa, se tragó su orgullo, alzó el auricular del teléfono y marcó el número de Kira. Esperó que contestara con un nudo en el estómago.

Lo hizo un hombre que se presentó como alguien que trabajaba en el hospital local. Dijo algo de un accidente de moto y que la ambulancia había llevado a Kira a urgencias. Después de escuchar todos los detalles, colgó e iba a ponerse la chaqueta cuando Earl Murray lo llamó al teléfono móvil.

–Acabo de enterarme de que Kira ha resultado herida –dijo sin rodeos.

–Al parecer Jaycee estaba hablando con ella cuando la moto la embistió… No sé nada más.

–Nos vemos en el hospital.

Tenía el corazón en un puño al salir a la carrera de su despacho y rezaba para que no fuera demasiado tarde.

Capítulo Dieciséis

Nunca en la vida había estado más asustado que al ver a Kira en la cama con un goteo en el brazo. El rostro fino tenía el terrible tinte ceniciento que había visto una sola vez en la vida… en la cara de su padre mientras yacía en un charco de sangre.

El diagnóstico era una simple contusión y magulladuras al caer sobre el pavimento, y que después de una o dos noches de reposo, tanto ella como el bebé estarían bien.

Una hora más tarde, la hora más larga que Quinn había pasado en la vida, las largas pestañas de Kira aletearon. Le apretó la mano y se inclinó.

–Kira… cariño…

–Quinn… quería que vinieras, lo quería tanto.

–Estás en un hospital. Te vas a poner bien. También el bebé.

–Te amo –musitó ella–. He sido tan tonta.

En vez de aterrarlo, esas dos palabras le produjeron un torrente de júbilo.

–Yo también te amo. Más que a nada –volvió a apretarle la mano–. Tanto que me asusta.

–¿De verdad?

–Sí. Quizá desde el primer momento en que te vi. Lo que pasa es que ni me di cuenta de lo que me había golpeado –hizo una pausa–. Jaycee está aquí. Y tus padres. Todos hemos tenido mucho miedo por ti y del bebé.

–¿También están todos ellos?

–Claro que estamos aquí –bramó su padre.

Kira les dedicó una sonrisa radiante. Se dijo que casi valía la pena sufrir un accidente si con ello descubría que todos la querían.

Rodearon la cama y le tomaron las manos, sonriendo.

–Nos has dado un susto terrible –dijo su madre–. Eres muy importante para todos nosotros.

–Me siento tan feliz –susurró–. Nunca he sido más feliz que ahora.

–A propósito –anunció su padre–, ha llamado tu antiguo jefe diciendo que más valía que te pusieras bien pronto, porque en el museo te espera un trabajo importante. Se acabó ser camarera...

–Supongo que es una buena noticia... pero no tan buena como teneros a todos aquí –apretó la mano de Quinn y lo miró–. Nunca, jamás, quiero volver a dejarte ir.

–No tendrás que hacerlo.

No necesitó nada más para inclinarse y besarla. Lo era todo para él. La amaría y la atesoraría siempre, o al menos hasta su último aliento.

–Cariño –susurró–. Prométeme que nunca me dejarás.

–Nunca –asintió–. Lo juro.

Y volvió a besarlo.

Epílogo

Un año después
Cuatro de julio
Wimberley, Texas

Observó la hierba verde que llegaba hasta los cipreses que daban sombra al río centelleante y no pudo creer lo feliz que era. Desde que despertara aquel día en el hospital, rodeada de Quinn y su familia, su felicidad había crecido un poco cada día.

Al fin sentía que formaba parte de algo.

Y saberse querida de verdad había potenciado su seguridad y confianza en todos los aspectos de su vida, incluida su carrera profesional. Desde luego, Gary se había mostrado encantado de que siguiera siendo la señora Sullivan. Quinn lo había entusiasmado aún más al mostrarse muy generoso con el museo, estipulando que cada donativo realizado por él lo supervisara ella.

Y esa hermosa tarde en los terrenos de la nueva casa de fin de semana era perfecta para la celebración del Día de la Independencia, que incluía a amigos, familiares y compañeros de trabajo. La estrella de la celebración apenas tenía unos meses de vida.

Thomas Kade Sullivan satisfacía todas las esperanzas de su madre, sentado en su manta a cuadros junto al río, rodeado de todos sus admiradores. Tan atractivo como su padre.

Al rato Quinn se reunió con ella. Con una sonrisa, la abrazó. Kira jamás había soñado que alguna vez podría sentirse tan completa con alguien.

Sonrió al ver a su madre encargarse de la correcta distribución del servicio de catering. Con la enfermedad en estado de remisión, volvía a ser la mujer formidable que siempre había sido. Y cuando se había sentido lo bastante bien como para que su padre la dejara en casa, Quinn le había hecho un sitio en Murray Oil.

–Feliz Cuatro de Julio –le dijo Quinn.

–El más feliz de mi vida.

–Para mí también. Porque tú estás en ella –murmuró con voz ronca–. Eres lo mejor que me ha pasado jamás… aparte de Tommy Kade. Te amo –agregó–. Y siempre te amaré. Ahora tenemos un matrimonio de verdad… ¿no estás de acuerdo?

Y lo más maravilloso de todo era que ella lo sabía y lo aceptaba, porque sentía exactamente lo mismo.

–¡Lo estoy! Y también te amo –musitó–. No sabes cuánto te amo.

Preparada para él
MAUREEN CHILD

Durante años, Rose Clancy había soñado con Lucas King, el mejor amigo de su hermano, pero para ella era territorio vedado. Así que Rose supo mantener las distancias hasta que la casualidad hizo que Lucas la contratara para impartirle clases de cocina privadas y nocturnas… y la pasión que existía entre ambos no tardó en prender.

Lucas era un hombre adinerado, poderoso y autoritario que conducía su vida tal y como dirigía su empresa y Rose sabía que el interés que mostraba por ella no podía ser tal, pero la hacía sentirse deseada. Por eso, fueran cuales fueran los secretos que acabaran por desvelarse, Rose estaba más que preparada para Lucas King.

Siempre fue la chica buena...

¡YA EN TU PUNTO DE VENTA!

Acepte 2 de nuestras mejores novelas de amor GRATIS

¡Y reciba un regalo sorpresa!

Oferta especial de tiempo limitado

Rellene el cupón y envíelo a
Harlequin Reader Service®
3010 Walden Ave.
P.O. Box 1867
Buffalo, N.Y. 14240-1867

¡Si! Por favor, envíenme 2 novelas de amor de Harlequin (1 Bianca® y 1 Deseo®) gratis, más el regalo sorpresa. Luego remítanme 4 novelas nuevas todos los meses, las cuales recibiré mucho antes de que aparezcan en librerías, y factúrenme al bajo precio de $3,24 cada una, más $0,25 por envío e impuesto de ventas, si corresponde*. Este es el precio total, y es un ahorro de casi el 20% sobre el precio de portada. !Una oferta excelente! Entiendo que el hecho de aceptar estos libros y el regalo no me obliga en forma alguna a la compra de libros adicionales. Y también que puedo devolver cualquier envío y cancelar en cualquier momento. Aún si decido no comprar ningún otro libro de Harlequin, los 2 libros gratis y el regalo sorpresa son míos para siempre.

416 LBN DU7N

Nombre y apellido	(Por favor, letra de molde)

Dirección	Apartamento No.

Ciudad	Estado	Zona postal

Esta oferta se limita a un pedido por hogar y no está disponible para los subscriptores actuales de Deseo® y Bianca®.
*Los términos y precios quedan sujetos a cambios sin aviso previo.
Impuestos de ventas aplican en N.Y.

SPN-03

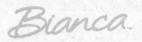

Una vez esposa de un Ferrara, siempre esposa de un Ferrara…

Laurel Ferrara no tenía suerte en el amor; su matrimonio había sido un desastre. Y no había bastado con irse sin más. Desde el momento en que habían reclamado su vuelta a Sicilia, los escalofríos de aprensión la asolaban…

La orden procedía del famoso millonario Cristiano Ferrara, el esposo al que no podía olvidar, pero habría dado igual que proviniera del mismo diablo…

Siempre el amor

Sarah Morgan

Los asuntos del duque

HEIDI RICE

Años atrás, Issy Helligan perdió su virginidad con el guapísimo aristócrata Giovanni Hamilton, pero después él se marchó sin mirar atrás, dejándola con el corazón roto.

Diez años después, a Issy le iba bien… Bueno, tal vez cantar telegramas musicales ante un grupo de borrachos no era lo más deseable, pero lo hacía por necesidad. Y el testigo de su humillación no era otro que Gio Hamilton, ahora duque y más guapo que nunca.

Él la volvió loca de pasión y se ofreció a solucionar sus problemas económicos. ¿Era demasiado bueno para ser verdad o demasiado delicioso como para rechazarlo?

Delicioso deseo con el duque

¡YA EN TU PUNTO DE VENTA!